KB273791

호르헤 루이스 보르헤스
Jorge Luis Borges 1899~1986

바벨의 도서관

성서는 인류의 모든 혼돈의 기원을 바벨이라 명명한다. '바벨의 도서관'은 '혼돈으로서의 세계'에 대한 은유이지만 또한 보르헤스에게 바벨의 도서관은 우주, 영원, 무한, 인류의 수수께끼를 풀 수 있는 암호를 상징한다. 보르헤스는 '모든 책들의 암호임과 동시에 그것들에 대한 완전한 해석인' 단 한 권의 '총체적인' 책에 다가가고자 했고 설레는 마음으로 그런 책과의 조우를 기다렸다.

'바벨의 도서관' 시리즈는 보르헤스가 그런 총체적인 책을 찾아 헤맨 흔적을 담은 여정이다. 장님 호메로스가 기억에만 의지해 《일리아드》를 후세에 남겼듯이 인생의 말년에 암흑의 미궁 속에 팽개쳐진 보르헤스 또한 놀라운 기억력으로 그의 환상의 도서관을 만들고 거기에 서문을 덧붙였다. 여기 보르헤스가 엄선한 스물아홉 권의 작품집은 혼돈(바벨)이 극에 달한 세상에서 인생과 우주의 의미를 찾아 떠나려는 모든 항해자들의 든든한 등대이자 믿을 만한 나침반이 될 것이다.

소원의 집

The Wish House

† 보르헤스 세계문학 컬렉션 †

소원의 집

러디어드 키플링

하창수 옮김

바다출판사

Rudyard Kipling

1865~1936

키플링은 대영제국을 로마제국의 연장이라 생각했고
나중에는 두 제국을 동일시했다.
중요한 사실은 키플링이 제국의 승리를 노래한 것이 아니라
그 험난한 운명, 노력, 의무를 노래했다는 점이다.

호르헤 루이스 보르헤스

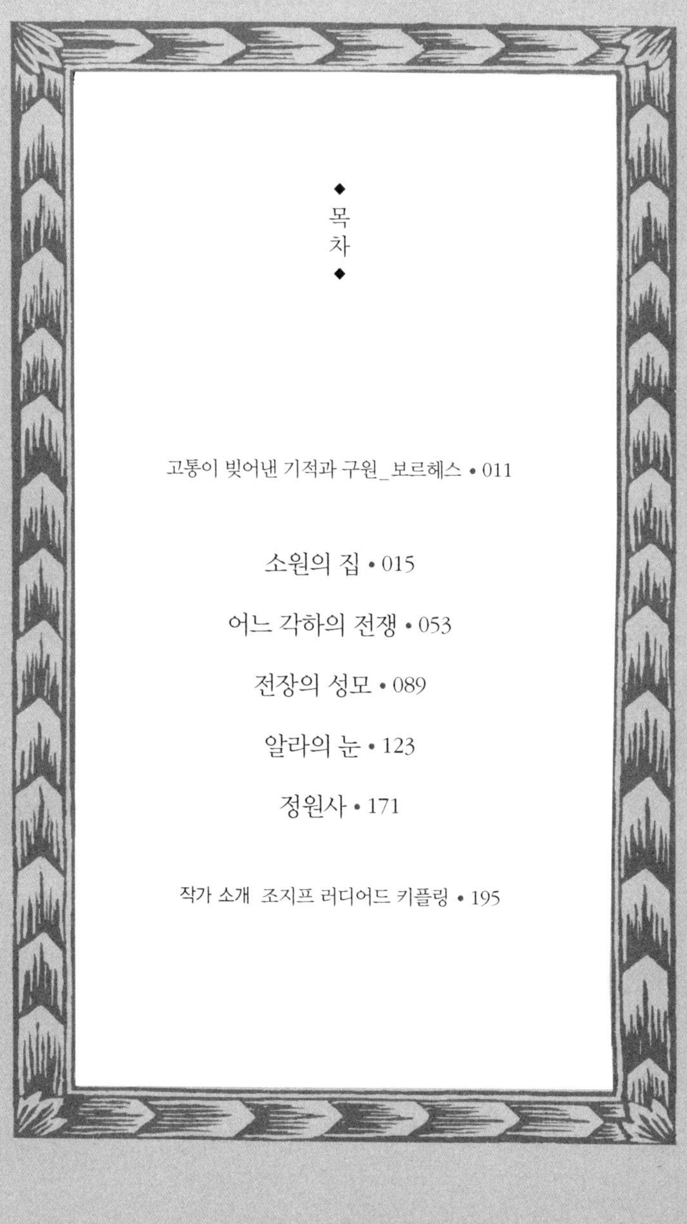

◆

목
차

◆

고통이 빚어낸 기적과 구원

호르헤 루이스 보르헤스

러디어드 키플링이 영국 남부에서 사망한 지 반세기가 지났는데도 그는 아직 유명인이다. 동시에 비밀에 싸인 사람이기도 하다. 비평계는 제임스 조이스나 헨리 제임스에게 대하는 그런 존경 어린 어조로 그의 이름을 부르지 않는다. 무엇 때문에 키플링에게는 신중한 태도, 아니 소홀에 가까운 태도를 보이는 걸까? 비평계의 이러한 태도는 나를 끊임없이 놀라게 했는데, 이렇게 설명할 수 있다. 키플링은 우연히 아이들을 위한 작품을 썼다. 그런데 아이들을 위한 글을 쓴 사람은 바로 그 사실 때문에 이미지에 손상을 입을 위험이 있다. 키플링의 스승 중 한 명인 《보물섬》을 쓴 스티븐슨을 생각해 보라.

　　정치적인 관점의 또 다른 설명이 있다. 작가의 작품보다는 작가 안에 있는 특별한 것, 작가의 사상으로 작가를 평가하곤 한다. 키플링은 대영제국의 시인으로 이름을 알렸다. 불명예스러울 게 하나도 없는 그 사실이 특히 영국에서 그의 명예를 떨어뜨렸다. 키플링의 고국 사람들은 그가 대영제국에 대해 갖고 있던 사상을 받아들이지 않았다.

　　그와 동시대를 살았던 위대한 인물, 버나드 쇼와 허버트 웰스는 사회주의자였고 키플링을 무시했다. 키플링은 대영제국을 로마제국의 연장이라 생각했고 나중에는 두 제국을 동일시했다. 중요한 사실은 키플링이 제국의 승리를 노래한 것이 아니라 그 험난한 운명, 노력, 의무를 노래했다는 점이다. 그는 헤밍웨이처럼 단순히 폭력을 찬양하지 않았다. 죽음에 가까워졌을 무렵 그는 오늘날 우리가 사회참여라고 부르는 것들이 다 부질없다고 느꼈다. 키플링은 조너선 스위프트를 연상시킨다. 스위프트는 인간에 대한 비난의 글을 쓰기 위한 방법으로 아동용 책을 썼다. 그는 신들이 인간에게 우화를 창작하게 했지만, 윤리는 알려 주지 않았다고 말했다. 뮤즈에 대한 플라톤의 이론 혹은 성령에 대한 유대인의 이론을 빌려 말하자면, 작가는 현실에 체념한 유순한 필사자일 뿐이다.

　　키플링은 늘 외로운 사람이었다. 젊어서부터 라이더 해거드의 친구였다. 라이더 해거드는 성숙한 사람이었고 세계적으로 유명했으며 퇴직한 보병대 상사로 키플링과 우정을 나누었다. 키플링은 그와 인도와 영국의 왕에 대해 이야기했다. 그는 계관 시인이 되기를 원하지 않았다. 그런 명예로 인해 정부를 비판할 자유를 잃을까 두려워했기 때문이다. 키플링에게는 명예가 그다지 중요하지 않았다. 세계대전 때 영국은 대륙에 먼저 10만 명의 군인들을 보냈는데, 거기에 자원입대했던 아들이 죽자 키플링의 인생은 어두워졌다. 아주 내성적이 된 키플링은 전기를 하나 남겼는데, 거기에도 속내는 털어놓지 않았다. 그것은 다행이기도 하다. 감정을 털어놓았다면 그는 냉담한 영국 신사의 모습으로 오해될 수도 있었다.

재미있게도 그는 베르길리우스보다는 호라티우스를 좋아했다. 불면의 긴 밤, 호라티우스는 그의 친구가 되어 주었다. 키플링의 상상력과 섬세한 솜씨, 말의 경제성, 정직함은 찬양할 만하다. 〈덴마크 여인들의 하프 노래〉나 〈이교도의 성가〉, 〈웨랜드 검에 새겨진 룬 문자〉 같은 시들은 결코 고루하지 않다. 1901년 《킴》을 발표했다. 이 작품은 악한을 소재로 한 소설로 무책임한 모험담이라 말할 수도 있으나 본질적으로는 두 남자의 구원 이야기이다. 한 사람은 명상을 통해, 다른 사람은 활동적인 생활을 통해 구원을 얻는다.

많은 소설들에서 그는 초자연적인 이야기를 다루었는데, 에드거 앨런 포의 작품들과는 달리 점차적으로 초자연적인 특징이

드러난다.

〈소원의 집〉에서는 한 여인이 다른 여인에게 마법처럼 고통스러운 이야기를 한다. 두 여인 모두 그 놀라운 이야기 앞에서 너무나 담담하다. 마치 일상을 체념하고 받아들이듯, 믿기지 않는 이야기 또한 그렇게 받아들인다.

뭄바이 출신의 키플링은 영국에 오기 전에 힌디어를 배웠다. 한 시크교도는 〈어느 각하의 전쟁〉을 읽으면서 문장 하나하나가 힌디어를 영어로 옮겨 놓은 것 같았다고 내게 말했다. 열과 아편은 초자연적인 것을 실제처럼 느끼게 만들어 준다. 1차 세계대전을 배경으로 한 〈전장의 성모〉에서는 단테의 《신곡》 '지옥' 편 5곡의 영향이 느껴진다. 〈알라의 눈〉은 '환상 소설'이 아니라 '환상적인' 소설이다. 그러나 내가 이 책에 실은 단편 가운데 나를 가장 감동시킨 작품은 〈정원사〉이다. 이 작품의 특징 중 하나는 기적이 주인공 안에서 일어나고 있다는 점이다. 주인공은 그걸 모르지만 독자는 안다. 모든 환경이 현실적이지만 언급된 이야기는 그렇지 않다.

키플링이 발간한 최후의 장편은 《킴》이다. 얼핏 그 후로는 장편을 포기한 것처럼 보인다. 하지만 이후 발표한 단편들 속에서, 그는 장편의 풍부함과 밀도를 구현해 냈다.

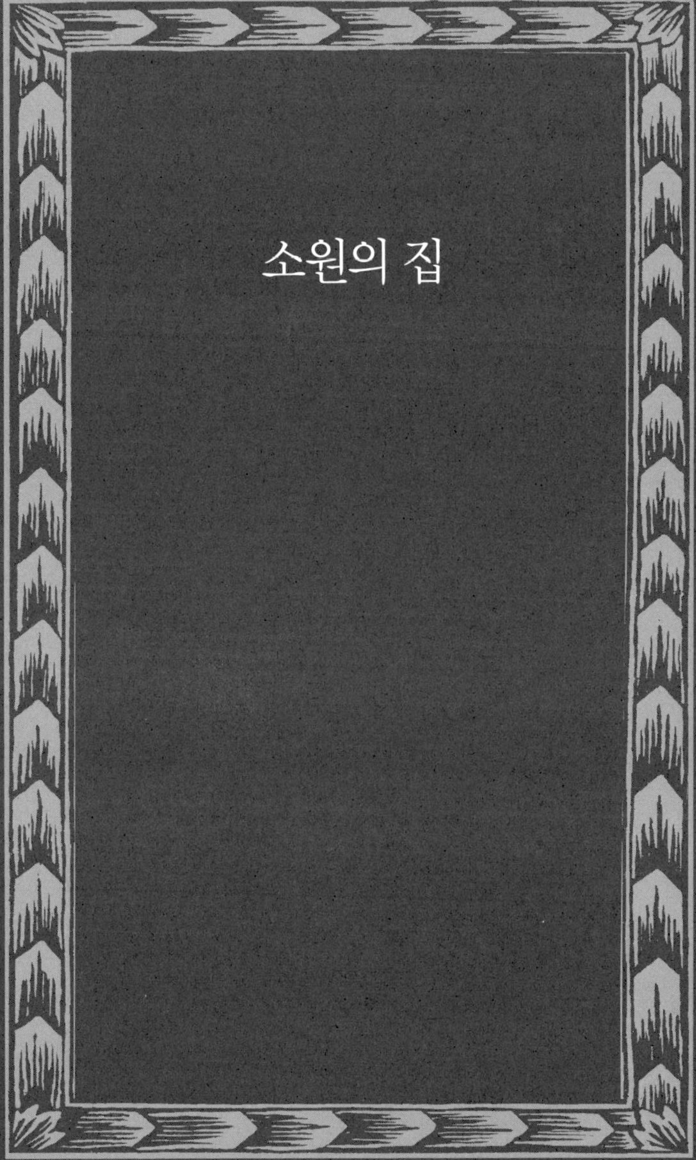

소원의 집

새로 부임한 교회 순시관❖이 20분쯤 머물다가 막 돌아갔다. 애시크로프트 부인은 순시관 여자가 있는 동안엔 런던 생활에 아주 익숙한 나이 지긋하고 경험 많은, 생활 보조금을 받는 전형적인 요리 가정부의 영어를 사용했다. 하지만 친구인 피틀리 부인이 버스를 타고 30마일을 달려오자, 익숙한 구식 서식스 지방의 영어('th'를 'd'로 부드럽게 발음하는)로 재빨리 돌아왔다. 화창한 3월의 토요일이었다. 어릴 적 소꿉동무였던 두 사람은 최근

❖ 자신이 맡은 구역 내의 교회나 수도원, 가정이나 병원 등을 순회하며 전교나 감독, 위문 등의 일을 수행하는 사람.

† 소원의 집 †

꽤 오랫동안 만나지 못했었다.

시간 가는 줄 모른 채 한참이나 회포를 풀고 난 뒤, 피틀리 부인은 만들고 있는 퀼트 손가방을 들고는 창문 쪽으로 의자를 끌어다 정원과 골짜기 아래 축구장을 그윽이 굽어보았다.

"축구 경기를 보러 가느라고 사람들이 모두 타이 숲에서 내렸던 게로구먼." 그녀가 말했다. "그래서 마지막 5마일을 오는 동안엔 날 보호해 줄 사람이 아무도 없었어. 차도 얼마나 덜컹댔는지."

"다치지 않았으니 다행이지." 애시크로프트 부인이 말했다. "다시 부러져선 안 돼, 리즈."

그 말에 피틀리 부인은 키득키득 웃으며 천 조각 두 개를 잇대고는 퀼트 바늘로 누비기 시작했다. "그럼, 그러지 말아야지. 20년 전으로 돌아가면 얼마나 좋겠어. 나도 달덩이 같다는 소리를 듣던 때가 있었다는 거, 너 기억하지?"

애시크로프트 부인은 머리를 천천히 ― 결코 급하지 않게 ― 저었다. 그러고는 자루용 삼베를 바구니 안쪽에 대고는 꿰매기 시작했다. 봄볕에 드리워진 창턱의 제라늄 그림자가 피틀리 부인이 누비고 있는 퀼트 조각보 위에 무늬를 만들었다. 두 사람 사이에 잠깐 침묵이 흘렀다.

"새로 온 순시관은 어땠니?" 피틀리 부인이 문 쪽을 향해 고갯짓을 하며 물었다. 피틀리는 지독한 근시여서 아까 출입문으로 들어올 때 순시관과 거의 부딪칠 뻔했었다.

애시크로프트 부인은 바구니의 가장자리를 꿰매기 직전 큰 돗바늘을 높이 들어 올렸다. "그 여자가 뭐라고 떠들어 대긴 했는데, 난 뭐 그녀에 대해 특별히 아는 게 없어."

"신경 쓸 거 없어." 피틀리 부인이 말했다. "그런 여자는 말도 많은 데다 동정심도 유난히 많아서 대꾸할 기회도 주질 않아. 그냥 재잘거리게 두고 넌 너대로 딴생각이나 하고 있으면 돼."

"재잘거리는 건 상관없어. 중요한 건 그녀가 고高교회파❖ 수녀라는 거지."

"수녀면 대수야? 우리야 결혼했던 사람인데, 설마 그 사람들이 우리더러 수녀가 되라고 하겠니? 헛걸음하는 거지⋯⋯." 피틀리 부인이 갑자기 비쩍 마른 얼굴을 쳐들었다. "하느님! 어찌 빌어먹을 지품천사(케루빔)로 하여금 이 집의 뼈대를 흔들어 놓게 하십니까요!"

타이 숲 경기장으로 가는 40석짜리 특별 전세버스 두 대가 지나가는 통에 타일이 발라져 있는 집이 부르르 떨려서 한 말이었다. 주도州都로 가는 토요 정기 쇼핑버스가 그 뒤를 따르며 연기를 뿜어내고 있었다. 그러는 사이, 민박집들이 옹기종기 모여

❖ 영국 국교회(성공회) 중 예배 의식과 교리적인 측면에서 로마 가톨릭에 호의적인 교파.

있는 곳에서 네 번째 차가 후진해서 나오는 바람에, 잘 나가던 차량의 흐름이 뚝 끊어져 버렸다.

"넌 예나 지금이나 잘 떠드는구나, 리즈." 애시크로프트 부인이 말했다.

"너하고 있을 때만 그렇지. 안 그럴 땐 그저 할망구일 뿐이야. 너하고 있으면 평소보다 세 배나 더 떠들어 대지. 손자 아이 주려고 만드는 바구니구나, 그렇지?"

"아서한테 주려고. 제인의 큰아들 녀석."

"근데 걔가 그걸 써먹을 데가 있을까?"

"그럼, 소풍 바구니로 딱이지."

"마음도 좋으셔라. 그러고 보니 윌리 녀석이 런던에서 틀어 주는 음악방송을 들으려면 빨래 건조대*를 세워야 한다며 나한테 돈을 뜯어 갔던 생각이 나는군. 날 아주 바보로 만들었지!"

"너한테 뽀뽀를 해주기로 한 것도 까먹고. 그게 더 섭섭할 거야, 그치?" 애시크로프트 부인은 그 일을 떠올리며 환하게 미소를 지었다.

"그 녀석이 그렇지 뭐. 옛날이나 지금이나 사내애들이야 다를 게 뭐가 있겠어. 뭐든 가지려 들기만 하지, 주는 건 쥐뿔도 없

<hr>

❖ 이 소설이 씌어진 1924년의 경우, 라디오를 듣기 위해서는 외부 수신 장치(안테나)가 필수적이었다. 이 수신 장치의 모양이 빨래 건조대와 흡사했다.

이. 우리가 참고 견딜 수밖에! 우리만 영락없는 바보지 뭐! 윌리 녀석, 지금도 마주치면 꼬박꼬박 3실링씩 달라고 그럴걸.”

“요즘에는 다들 돈 귀한 줄을 몰라.” 애시크로프트 부인이 말했다.

“글쎄 지난주에 말이야.” 피틀리 부인이 생각난 듯 말했다. “딸년이 푸줏간에다 양 콩팥 4분의 1파운드를 주문했는데, 그걸 다져 달라고 푸줏간 남자한테 도로 보내더라고. 자기는 다지기 싫다나.”

“그 사람 자네 딸 욕을 꽤나 했겠구먼.”

“뻔하지. 딸년이 내게 말하길, 오후에 학교에서 휘스트 드라이브 게임❖이 있어서 고기 다지는 일 따윈 할 수 없다는 거야, 글쎄.”

“쳇!”

애시크로프트 부인은 바구니 안감에다 마무리 손질을 했다. 그녀가 바구니를 막 끝냈을 때, 그녀의 열여섯 살 먹은 손자가 정원에 난 길로 헐떡거리며 달려와 바구니가 준비됐냐고 소리를 질러 댔다. 그러고는 쑥 들어와 바구니를 낚아채더니 살펴보지도 않고서 문 앞에 기다리고 있는 처녀 아이와 후다닥 나가 버렸다. 피틀리 부인이 그 모습을 엿보듯이 찬찬히 살폈다.

....

❖ 네 사람이 두 사람씩 상대를 바꿔 가며 하는 내기 카드 게임.

"쟤네들 어딘가로 소풍을 갈 모양이야." 애시크로프트 부인이 말했다.

"에고." 피틀리 부인이 눈살을 가늘게 모으며 입을 뗐다. "저 녀석 길 가다 마주쳐도 날 그냥 지나치겠는걸. 어떻게 날 기억 못하지? 갑자기 나타나서 그런가?"

"애들은 자기네 생각뿐이야. 우리도 똑같았지 뭐." 애시크로프트 부인이 차를 준비하기 시작했다.

"그래, 누굴 똑같이 닮았다면야 말릴 수가 있겠니, 그레이시." 피틀리 부인이 말했다.

"지금 누굴 생각한 거니?"

"글쎄…… 갑자기 생각이 나네. 라이에서 온 그 여자 말이야. 이름이 뭐였더라, 반슬리였나?"

"배튼, 폴리 배튼. 그 여자를 떠올린 거구나."

"그래, 폴리 배튼. 스몰딘에서 우리가 온종일 건초를 만들고 있던 날…… 네가 자기 남편을 꼬드겼다고 건초용 쇠스랑으로 널 해치려고 했잖아."

"내가, 그 사람을 지키고 싶으면 날 쫓아내 보라고 말했었지. 너도 들었니?" 애시크로프트 부인의 목소리와 미소는 전에 없이 부드러웠다.

"듣고말고. 네가 그렇게 말하자, 그 여자가 쇠스랑으로 네 가슴을 찌르는 걸 우리 모두 목격했었지."

"아니, 아냐. 그 정도는 아니었어. 폴리 그 여잔, 그냥 소리만 질러 댔을 뿐이야."

"나한테도 그랬던 것 같은데……." 피틀리 부인이 잠깐 멈추었다가 곧 말을 이었다. "하여튼 싸우는 두 여자 사이에 낀 남자만큼이나 한심한 인간도 없어. 어느 길로 갈지 몰라 헤매는 개처럼."

"말 되네. 하지만 그땐 리즈 너였어도 별 수 없었을걸."

"근데 저 녀석 생김새가…… 커서는 제대로 못 봤지만 얼굴이랑 몸이…… 네 딸 제인은 안 그런데 저 녀석한테선 누군가가 딱 보인단 말이야! 무슨 조화지? 짐 배튼이 감쪽같이 다시 살아난 것 같아! 그렇지?"

"그렇게 보이는 이유가 있지."

"오호, 이런! 귀여운 친구, 내 귀여운 친구! 근데 짐 배튼이 세상을 떴다고……."

"20년하고도 7년이 지났네, 벌써." 애시크로프트 부인이 아무렇지 않게 대답하며 덧붙였다. "이리 와, 리즈."

피틀리 부인이 버터를 바른 토스트와 건포도 빵, 진하게 우려 낸 홍차, 쓴 맥주, 집에서 만든 배 잼, 그리고 머핀에 얹어 먹는 차갑게 식힌 삶은 돼지 꼬리 등이 차려진 식탁 앞으로 의자를 끌고 왔다. 그녀는 음식 하나하나에 감탄을 해댔다.

"배는 채워야지." 애시크로프트 부인이 인정 넘치게 말했다.

"어차피 한 번 사는 인생인데."

"걱정 하나 없는 사람같이 말하는구나." 피틀리 부인이 말했다.

"간호사는 늘 그러지. 내가 다리가 아니라 소화불량으로 죽기를 바란다고 말이야." 애시크로프트 부인은 마을 진료소에서 정기 치료를 받을 정도로 정강이 부분에 만성질환을 앓고 있었다. 진료소의 간호사는 자신이 근무하는 동안 그녀가 벌써 백 번하고도 세 번이나 치료를 받았다고 과장해서 말하곤 했다.

"넌 뭐든 했었지! 인생을 후회 없이 살아왔어. 내가 지켜봤잖니." 피틀리 부인이 진정으로 애정을 담아 말했다.

"넌 언젠가 너 자신을 찾을 거야. 나야말로 나를 방치해 왔지." 애시크로프트 부인이 대답했다.

"아냐, 넌 언제나 너그럽게 살았던 거야. 네 안에 세 사람은 넉넉히 들어갈 정도로. 되돌아보면 넌 참 많은 일을 겪었어."

"너도 추억거리들이 많잖아." 애시크로프트 부인이 대꾸했다.

"너랑 있을 때가 아니면 과거는 그리 많이 떠올리지 않아, 그레이. 손바닥도 마주쳐야 소리가 나는 법이잖니."

피틀리 부인이 입을 반쯤 벌리고는 벽에 걸려 있는 식료품점의 밝은색 달력을 노려보았다. 자동차가 우르릉거리며 지나자 또다시 작은 집이 흔들렸다. 정원 아래 사람들로 북적거리는 축구장에서도 그와 맞먹는 소리가 왁자하게 들려왔다. 마을 전체가 토요일의 한가함 속으로 흥겹게 녹아들고 있었다.

*　*　*

피틀리 부인은 한참 동안이나 쉬지 않고 미주알고주알 얘기를 늘어놓고는 눈물을 훔쳤다. "그러고는 말이야." 그녀는 결론을 내리듯 말했다. "사람들이 나한테 지난달 신문에 났던 그 사람의 부고를 읽어 주는 거야. 내겐 아무런 상관없는 일이었지만, 영원히 그를 볼 수 없게 되었다고 생각하니 가슴이 아팠어. 난 아무 말도 할 수가 없었고, 뭐 하나 보여 줄 수조차 없었어. 그의 무덤이 있는 이스트본으로 가는 것도 옳은 일 같지 않았고. 언젠가 버스를 타고 그곳으로 가보려는 계획을 세우긴 했었지. 하지만 사람들이 왜 그런 짓을 하냐고 퍼부어 대는데 참고 있으려니, 나 원. 그러니 내가 어떻게 편히 지낼 수가 있었겠니."

"하지만 나름대로는 만족하며 살지 않았니?"

"물론 그랬지! 지난 4년 동안 그 사람은 나뿐 아니라 누구도 소홀하게 대하질 않았어. 그러니 죽어서 거창한 장례식을 치를 수 있지 않았겠니."

"그래도 넌 불평 한 번 한 적이 없었잖아. 차 한 잔 더 줄까?"

✝ 소원의 집 ✝

＊　＊　＊

해가 지면서 빛도 공기도 서서히 변해 갔다. 서늘한 기운이 밀려들자 두 노부인은 부엌문을 닫았다. 잎이 달려 있지 않은 정원의 사과나무 사이에서 어치 한 쌍이 꽥꽥거리며 싸워 댔다. 아픈 다리를 의자에다 걸쳐 놓고 다탁에 팔꿈치를 기댄 애시크로프트 부인은 이런 시간에 친구와 얘기를 나누고 있다는 게 꿈만 같았다.

"설마, 아이고 놀라워라! 그래서 네 남편이 뭐라고 하든?" 낮은 목소리로 과거사를 읊어 대던 애시크로프트 부인의 얘기가 끝나자, 피틀리 부인이 물었다.

"그 사람이야 나 좋을 대로 할 수밖에 없지 않느냐고 그랬지. 하지만 그 사람이 쇠약해지는 걸 보고 있자니, 그런 얘기가 무슨 소용이 있나 싶더라고. 그 사람도 알고 있었지. 그런 상태로는 나한테 해줄 게 아무것도 없다는 걸 말이야. 그는 8주인가 9주를 근근이 버텼지. 그러고는 발작 비슷한 걸 일으키더니 여러 날을 바위처럼 꼼짝 못하고 누워만 있었어. 그러더니 침대에 누운 채로 겨우 입을 열어 말하더군. '당신이 사귀었던 남자 같은 사람하고는 다시는 사귀지 말게 해달라고 신에게 기도하오.' '당신 같은 사람 말이에요?' 하고 내가 물었지. 너도 알잖니, 리즈. 그 사람이 얼마나 바람둥이였는지. 그가 말했지. '내가 나쁜 놈인지 좋은 놈인지는 모르겠지만 죽을 때가 되니 좀 똑똑해지는 것 같구려. 당신에게 무엇이 다가오는지를 볼 수 있으니.' 그 사람은 일요일에 죽었고, 목요일에 땅에 묻혔지⋯⋯. 그 후 무덤에도 잘 가질 않았어. 한두 번 가봤을까⋯⋯?"

"전엔 그런 얘기 전혀 안 했잖니." 피틀리 부인이 주저하지 않고 말했다.

"네가 방금 나한테 해준 얘기에 대한 보답이야. 그 사람이 그렇게 떠나고 나서, 주방 가정부 자리를 맨 처음 내게 주셨던, 정말이지 고마우신 런던의 마셜 부인께 편지를 드렸지. 내가 영원히 자유로워졌다고. 정말 까마득한 일이네! 부인이 무척 기뻐하셨어. 두 내외분만 사시는 터라 그분들에겐 내가 꼭 필요했으니까. 그분들 생활 방식이야 나만큼 잘 아는 사람이 없었지. 너도 기억할 거야, 리즈. 내가 그전에도 짬짬이 그분들 시중들러 다녔던 거 말이야, 여러 해 동안⋯⋯ 돈이 필요할 때마다, 혹은 남편이 멀리 가 있을 때마다."

"네 남편은 치체스터에 6개월쯤 수감된 적도 있었지, 그렇지 않아?" 피틀리 부인이 낮게 속삭였다. "왜 그랬는지 진짜 이유야 알 수 없지만."

"그러고도 그 사람은 정신을 못 차렸지."

"정신이 번쩍 들도록 무슨 조치를 취해야 했어. 그렇지 않니, 그레이?"

"맞아. 하지만 난 아무것도 안 했지! 어쨌거나 내 남자였으니까. 결국 그 남자는 죽었고, 난 마셜 내외분 집으로 가서 가정부 요리사 노릇을 했지. 높은 양반네의 식탁에 앉아 먹고, 부인이라 불리면서. 그해에 넌 포츠머스로 이사를 했었지."

"코스햄이었어." 피틀리 부인이 바로잡았다. "거기 새로 짓는 집들이 꽤 많았는데, 남자가 먼저 가서 방을 얻어 놓자 내가 뒤따라갔었지."

"그래, 그때 난 1년 남짓 런던에 살았지. 거기서 내 삶은 몽땅 바뀌었어. 하루에 네 끼를 먹으며 편안하게 살았지. 그러다가 가을로 접어들 무렵에 두 분이서 여행을 떠나셨어. 그러니까⋯⋯ 프랑스로. 그런데도 날 그만두지 못하게 하셨지. 나 없이는 생활하실 수가 없었으니까. 그래서 난 그 집의 관리를 맡게 되었는데, 한번은 베시가 사는 이곳으로 내려온 적이 있었어. 주머니에 봉급이 두둑이 들어 있어서 그랬는지 베시가 쌍수를 들어 날 반기더군."

"내가 코스햄에 있을 때 일이로구나." 피틀리 부인이 말했다.

"너도 알 거야, 리즈. 당시 일하는 사람들이 가지고 있던 서푼짜리 허영심 말이야. 영화관을 돌아다니고 휘스트 드라이브를 즐기는 게 유행이었지. 남자고 여자고 뒷주머니에다 1실링만 찔러 준다고 하면 무슨 일이든 하려 들었고. 그러다가 시골로 내려오니 좋더라. 런던에서 지낸 뒤부터 내 안색이 하얗다 못해 파리해졌었으니까. 신선한 공기가 필요하다는 생각이 들어서 스몰딘에 일자리를 구했지. 감자도 캐고 닭털 손질하는 일도 마다하지 않았지. 사람들이 날 런던 부엌데기라고 어지간히 놀려들 댔지. 그뿐인 줄 아니? 아무 데서나 속옷을 홀렁홀렁 벗는, 남자관계가 문란한 여자로 취급하더라고."

"좋은 일은 없었니?" 피틀리 부인이 물었다.

"좋은 일인지 아닌지는 끝까지 가봐야 아는 법이잖아. 어떤 일이든 일어나기 전까지는 아무 일도 일어나지 않은 거라는 이치하고 똑같지. 저 끝에 다다르기 전까지는 거기에 뭐가 있는지 알 수가 없으니, 결국 우린 나중에야 그게 좋은 일이었는지 아니었는지 알게 되지."

"널 놀려 댄 게 누구였니?"

"애리 모클러." 다리에 통증을 느낀 애시크로프트 부인이 얼굴을 찡그렸다.

피틀리 부인이 숨을 몰아쉬었다. "애리라면, 버트 모클러의 아들? 난 짐작도 못했네!"

애시크로프트 부인이 고개를 끄덕였다. "그럴 때마다 혼잣말로 중얼거렸지. 내가 원하는 건 풀 냄새를 맡으면서 일하는 거라고. 그 믿음은 변하지 않았어."

"그래서 스몰딘에서 얻은 게 뭐였니?"

"얻은 거? 늘 나를 따라다니던 그 운명. 처음엔 전부였다가,

결국 아무것도 아닌 것보다 더 나쁜 것이 되어 버린. 온통 그런 징조와 경고뿐이었지. 하지만 난 그걸 다 무시해 버렸어. 어느 날 잡동사니를 소각하는 일을 맡았는데, 어쩌다 보니 애리 모클러와 그 일을 함께하게 됐어. 저 물건들은 벌써 태워 버리기엔 아까운 것 같다고 말했더니 그가 대꾸했어. '아니오! 이런 케케묵은 건 빨리 태워 버릴수록 좋은 법이오.' 그 말을 하는 그의 표정은 바위처럼 단단해 보였어. 바로 그 순간, 그 사람이 내가 섬겨야 할 주인이라는 생각이 불현듯 드는 거야. 전에는 그런 생각을 한 번도 해본 적이 없었는데 말이야. 내가 완전히 그 사람 소유가 되어 버렸다고나 할까."

"그래, 남자들과의 관계란 그런 거지. 그들이 내 것이거나, 내가 그들의 것이거나." 피틀리 부인이 한숨을 내쉬었다. "난 내가 남자의 소유물이 되는 편이 더 낫다고 생각해."

"난 아니었어. 그런데, 애리가 그렇게 만들어 버렸지……. 그 사람과 지내는 동안 완전히 그렇게 돼버린 거야. 그러다 런던으로 돌아갈 시간이 다가왔지. 어떻게 할 수가 없더라구. 정말이지 어찌할 바를 몰랐어! 그러다가 어느 월요일 아침에, 커다란 구리 솥에서 펄펄 끓는 물을 국자로 떠서 내 손에다, 팔에다 끼얹었지. 그래서 2주간 더 머무를 수 있었어."

"그럴 만한 가치가 있었던 거니?" 피틀리 부인이 그녀의 주름진 팔뚝에 나 있는 은빛 흉터를 바라보며 물었다.

애시크로프트 부인이 고개를 끄덕였다. "그 일이 있은 뒤 우리 둘은 의기투합해서 런던으로 나왔지. 서로 멀리 떨어져 지내지 않아도 될 만한 일을 찾다가 그 사람이 마방馬房에 일자리를 얻었어. 딱 좋았어. 다른 일은 생각할 수 없을 정도로. 그렇게 해서 그 사람 어머니 몰래 런던 생활을 시작했고 그해 겨울을 함께 보냈어. 서로의 거처는 반 마일도 안 떨어져 있었지."

"네가 그 사람 밥까지 다 지어 줬겠군." 피틀리 부인이 확신한다는 듯이 말했다.

다시 애시크로프트 부인이 고개를 끄덕였다. "그 사람을 위해서라면 밥 아니라 뭐든 했을 거야. 그 사람은 나의 주인이었으니까. 오, 하느님, 저희를 긍휼히 여기소서! 우린 어둠이 내리면 잘 닦인 거리를 함께 걷고 또 걸으면서 키득대고 웃곤 했지. 하도 걸어서 발에 물집이 잡혀 걸을 때마다 쓰라렸지만 그런 건 아무렇지도 않았어! 전에는 결코 경험하지 못한 일이었지. 그 사람을 사랑했어! 정말이지 사랑했어!"

피틀리 부인이 동정하듯 혀를 차더니 물었다. "언제였니? 그 애틋한 사랑이 끝나 버린 게."

"그 사람이 돈을 몽땅 털어서 건네주더군, 동전 한 푼까지 몽땅. 아, 이렇게 끝나는구나 싶었지. 하지만 받아들일 수가 없었어. '당신은 내게 더없이 친절한 사람이었소.' 그 사람이 그렇게 말하더군. '친절이라고요! 우리 사이에?' 내가 비아냥거렸지. 하지만 그는 내가 얼마나 자신에게 친절했었는지, 평생 잊지 못할 거라고 거듭 말했지. 사흘 밤을 잠을 이룰 수가 없었어. 믿을 수가 없었으니까. 그 사람은 마방 일에 도저히 만족할 수가 없다고 하더군. 그곳 사람들이 자꾸만 골탕을 먹인다고. 또 어떤 사람은 내가 언젠가는 그를 떠날 거라고 말했다더군. 난 그 사람 말을 끝까지 들었어. 대꾸하지도, 말을 막지도 않고. 마지막 순간에 난 만지작거리던 브로치를 뜯어내 그 사람한테 주면서 말했지. '알겠어요. 더 이상은 아무것도 묻지 않겠어요.' 그러고는 돌아서서 다시 나의 고통스러운 운명 속으로 돌아왔어. 그 후에 그 사람이 나를 더 고통스럽게 만드는 일은 없었어. 그 뒤로는 편지조차 보내지 않았으니까. 그 사람은 몰래 빠져나왔던 것처럼 다시 자신의 어머니에게로 슬그머니 돌아갔던 거야."

"그 뒤로도 자주 그때 일을 생각했겠구나." 피틀리 부인은 무정하게도 그렇게 말했다.

"종종……. 이따금씩 함께 걸었던 길을 걸으며 거리에 깔린 돌을 보노라면, 그 사람의 발아래서 삐걱거리던 발자국 소리가 떠오르곤 했어."

"그랬겠지." 피틀리 부인이 말했다. "상처를 입지 않았다면 거짓말이겠지. 근데 그게 전부였니?"

"아니, 그렇지 않아. 네가 그렇게 믿는다면 오히려 이상하지, 리즈."

"오히려 그 후에 네 인생을 통틀어 가장 힘든 일을 겪었겠지."

"그래…… 힘들고 괴로웠지. 가장 지독한 원수를 만난 것처럼. 하느님도 무심하셨지! 그해 봄 내내 난 곡마단의 굴렁쇠 사이를 빠져나가는 기분이었어! 한 번도 겪어 보지 못한 두통에 시달리기까지 했어. 내게 두통이라니, 상상이 가니? 하지만 그 두통이 생각하는 걸 막아 주었으니, 불행 중 다행이랄까……."

"안 봐도 알겠네." 피틀리 부인이 아는 체했다. "널 꼼짝 못하도록 만들었겠지. 그러고는…… 그러고는, 아무것도 남겨 놓지 않았겠지."

"그래도 죽으란 법은 없는지, 간신히 날 지탱시켜 준 게 있었어. 소피 엘리스라는 잡역부의 말괄량이 딸이었지. 그 아이가 날 지켜 주었어. 가끔 그 아이에게 먹을 걸 주곤 했었지만, 그렇다고 특별히 보살펴 준 건 아니었어. 애리에 대한 생각이 떠나지 않았을 때였으니까. 넌 상상도 못할 거야. 그 말괄량이 여자애가 얼마나 내게 살갑게 대했는지. 그 아인 정말 미친 듯이 날 좋아했어. 기회만 되면 날 막 만지기도 하고 꼭 껴안기도 했어. 나도 그 애를 멀리하고 싶진 않았던 것 같아. 그러던 어느 이른 봄날 오후였지. 그 아이 엄마가 먹을거리를 구해 오라고 했나 봐. 그 애가 들어왔을 때 난 불가에 쭈그리고 앉아서 앞치마를 머리에다 뒤집어쓴 채 끙끙 앓고 있었지. 그놈의 두통 때문에. 내가 좀 매몰차게 굴었나 봐. 평소와 다르니까 유심히 날 보다가 말하더군. '맙소사! 괜찮아요? 제가 금방 낫게 해드릴게요!' 난 그 애한테 손가락 하나도 대지 말라고 했어. 그 애가 내 이마를 만지고 싶어 하는 것 같았거든. '손을 대진 않을 거예요.' 그 앤 그렇게 말하고는 어쩐 일인지 슬그머니 밖으로 나가 버렸어. 그 애가 가고 10분도 채 되지 않았을 때, 그 오래 묵은 두통이 마치 걷어차인 듯 감쪽같이 사라져 버렸어. 그래서 난 하던 일을 다시 계속했지. 마치 칭찬을 듣고 싶은 얼굴로 소피가 다시 돌아와서는 새끼 쥐처럼 말없이 내 의자로 기어오르더군. 뭔가 이상했어. 그려 놓은 것 같은 그 아이의 얼굴에 박힌 두 눈을 깊이 응시하면서 무슨 일이냐고 물었지. 그 애가 대답했어. '아무 일도 아니에요. 다만 이제 제가 가지게 되었을 뿐이에요.' '가지게 되었다니, 뭘?' '당신의 두통을요.' 그 애가 목구멍 깊숙한 곳에서 흘러나온 꼭 잠긴 목소리로 말했어. '제가 당신의 두통을 가져갔어요.' 내가 말했지. '이런 세상에. 네가 이곳을 나가고 나서 두통이 저절로 없어졌어. 그런데 그걸 네가 가져갔다고? 여기 가만 있거라. 차를 한 잔 타다 줄 테니.' 그 아이가 다시 말했어. '내 두통은 끝나지 않을 거예요. 당신의 시간이 끝날 때까지는. 두통에 시달린 지가 얼마나 된 거예요?' '바보 같은 소리 마라.' 내가 말했지. '그러지 않으면 병원에 보낼 테니까.' 그 앤 마치 홍역을 앓는 것처럼 보였어. '오, 애시크로프트 부인.' 그 아이가 야윈 팔을 뻗으며 말하더군. '당신을 사랑해요.' 거기엔 어떤 원망도 없었어. 난 그 아이를 조심스럽게 내 무릎에다 뉘었어. '정말 사라졌어요?' 그 아이가 묻더군. '그래, 너한테서도 사라졌으면 정말 좋겠구나.' '아무도 알지 못해요.' 그 여자애가 제 뺨을 내 뺨에다 대면서 말했어. '어떻게 된 일인지 아무도 몰라요.' 그러고는 내게서 그 지독한 두통을 사라지게 만들 수 있었던 건 바로 소원의 집 때문이라고 했어."

"무슨 집이라고?" 피틀리 부인이 날카로운 목소리로 물었다.

"소원의 집. 그래, 나 역시 들어 본 적이 없었어. 그러니 당장 그곳으로 갈 수도 없었지. 하지만 가만히 생각해 보니 여기저기서 들었던 기억이 어슴푸레 나더라고. 소원의 집이라는, 사람이 충분히 살 수 있는데도 오랫동안 비어 있는 집이 하나 있다고 말이야. 애리가 일했던 마방에 소피랑 어울렸던 소녀가 하나 있었는데, 그 아이가 소원의 집 얘기를 해줬다고 했어. 소피 말로는 바로 그 소녀가 그 집에 사는데, 런던에서 겨울을 보내는 집시라고 했어. 내가 알아낸 건 그뿐이었지."

"오호! 집시들 얘기야 들어 봤지만, 소원의 집이란 건 금시초문인걸. 하기야 내가 아는 게 뭐 있겠어." 피틀리 부인이 말했다.

"소피가 말하길, 소원의 집은 우리가 사는 곳에서 몇 블록 떨어지지 않은, 단골 청과물 가게가 있는 워딜스 가에 있다고 했어. 초인종을 누른 뒤 우편함 투입구에다 대고 소원을 말하기만

하면 된다고 했어. 내가 물었어. 그러면 요정들이 그 집에 사는 소녀에게 그 소원을 갖다 주는 거냐고. 그러자 그 아이가 말하는 거야. '정말 뭘 모르시네요. 소원의 집엔 요정 따윈 없어요. 거기엔 오직 혼백魂魄만 있을 뿐이에요.' 라고."

"하느님 맙소사! 그 아이가 혼백이라는 말을 썼단 말이니?" 피틀리 부인이 소리를 질렀다. 그도 그럴 것이 혼백이라는 것은 죽은 자의, 더 지독하게는 산 사람의 유령을 뜻하는 말이기 때문이었다.

"그 집에 사는 소녀가 소피에게 그렇게 말했다고 했어. 분명히 그렇게 말했대, 리즈. 이해하기가 쉽진 않았지만, 내 팔에 안긴 그 아인 혼백이란 걸 느꼈음에 틀림없었어. '고맙구나, 정말 고맙다.' 그 아이를 꽉 안아 주며 내가 말했지. '네가 내 두통을 없애 달라고 소원을 빌었던 거구나. 그런데 왜 널 위해선 빌지 않았니?' '당신이 몰라서 그래요.' 그 아이가 말하더군. '소원의 집에서 얻게 되는 건 누군가에게서 떠난 아픔이에요. 그 집의 소녀가 내 소원을 이루어 주는 순간, 제가 부인의 두통을 가지게 되었듯이 말예요. 하지만 이건 당신을 위해 제가 한 첫 번째 일일 뿐이에요. 오, 애시크로프트 부인, 전 당신의 모든 것을 사랑해요.' 그러고는 날 꼭 껴안았지. 그 아이의 얘기를 듣는데 온몸에 소름이 돋더라. 그 아이에게 물었지. 혼백이 어떻게 생겼냐고. '잘 모르겠어요. 만약 당신이 그곳에 가서 초인종을 누르면,

지하실로부터 출입문으로 급히 올라오는 소리가 들릴 거예요. 그러면 소원을 말하면 되죠. 고통을 사라지게 해달라고요.’ ‘혼백이 문을 열어 주진 않는 거니?’ 내가 묻자 아이가 대답했어. ‘문을 열어 주진 않아요. 단지 문 뒤편에서 음산하게 웃는 소리만 들리죠. 그런 다음 당신은 당신이 사랑하는 사람을 지목하고 그 사람의 아픔을 당신에게 달라고 말해야 해요. 그러면 당신이 그걸 가지게 되는 거죠.’ 나는 더 이상 물을 수가 없었어. 그 아이의 몸은 불덩이처럼 뜨거워져 있었지. 등불을 켤 시간까지 난 그 아이를, 내게서 두통을 가져간 그 말괄량이 소녀를 소중히 안고 있었지. 저녁이 되자 소녀는 비로소 내 품에서 빠져나가 고양이와 놀더군.”

“어떻게 그런 일이!” 피틀리 부인이 말했다. “그 뒤엔…… 두통은 괜찮았어?”

“그 애가 가끔 물어보긴 했었지, 어떠냐고. 하지만 그 애가 어린아이라고 함부로 솔직하게 털어놓진 않았어.”

“그래서 어떻게 했니?”

“두통이 찾아오면 부엌이 아니라 내 방으로 가서 앉아 있었어. 하지만 마음 한구석엔 늘 그 소원의 집이 자리하고 있었지.”

“그랬겠지. 그 여자애는 그 집에 대해선 더 이상은 말해 주지 않았니?”

“전혀. 그 집시 소녀가 해줬다는 얘기 말고는 그 아이도 아는 게 없었어. 그 집에서 마법이 작동한다는 것 말고는 말이야. 5월에 그 일이 있은 다음에, 나는 여름을 꼬박 무더운 런던에서 지냈지. 몇 주 동안 후텁지근한 바람이 몰아치는데, 그럴 때마다 말라붙은 말똥이 거리 여기저기를 굴러 다녔지. 요즘이야 그렇지 않지만, 그땐 그랬어. 주인 내외가 가족 여행을 가려고 하자 휴가를 얻어 베시한테 내려와서 지냈어. 베시가 날 보더니 살도 많이 빠지고 눈도 처졌다고 그러더군."

"애리도 봤겠네?"

애시크로프트 부인이 고개를 끄덕였다. "넷째 날…… 아니, 다섯째 날이었어. 수요일이었지. 그 사람이 다시 스몰딘에서 일하고 있다는 걸 알게 되었지. 그 사람 어머니는 여전히 잘난 체하는 얼굴로 거리를 쏘다니느냐고 베시한테 물었더니, 내가 말할 틈도 주지 않고 얼마나 재잘대던지. 너도 알잖니, 그 수다. 그러고 나서 수요일 저녁에 베시의 아이 하나를 데리고 길을 걷고 있는데 글쎄 그 사람이 우리 뒤에서 걸어오고 있질 않겠니. 내가 걸음을 늦추자, 그 사람도 천천히 걸음을 늦추더군. 마침 아이가 법석을 떨어서, 그 사람한테 그냥 가라고 그랬지. 그런데 그제야 날 알아보고는 인사를 건네고 주뼛거리더니 그냥 가려는 거야."

"취했었구나, 그 사람?" 피틀리 부인이 물었다.

"아니, 전혀! 근데 몸이 잔뜩 오그라들어 있더라고. 옷이 마치 자루처럼 그 사람 몸에 걸려 있었지. 뒷목은 분필처럼 가늘고. 보기가 너무 안쓰러운데 안아 줄 수도 없고, 울 수도 없었어. 집으로 돌아와 아이를 침대에 눕힐 때까지 몇 번이나 침만 삼켰지. 저녁을 먹고 나서야 베시에게 물어봤어. ‘애리 모클러에게 대체 무슨 일이 일어난 거니?’ 그 사람이 스몰딘의 오래된 연못에서 거름 작업을 하다가 삽에 발을 심하게 찍혀 두 달이나 병원 신세를 졌다는 거야. 그 연못은 오물로 뒤덮여 있었는데, 그 독이 발에 들어가서 온몸으로 번졌다는 거야. 그래서 2주가 넘도록 스몰딘으로 일하러 가지 못하고 있다더군. 11월에 서리가 내릴 때라야 일을 시작할 수 있을 거라고 의사가 말했대. 또 그 사람 모친이 말하길, 그 사람이 제대로 먹지도 자지도 못하며 아침이면 웅덩이에 빠진 사람처럼 땀에 젖은 채로 벌벌 떨면서 일어나서는 끝도 없이 침만 뱉는다고 했대. ‘세상에나. 하지만 회복되겠지.’ 난 그렇게 말하고는 실 끝에 침을 묻혀 바늘구멍에 끼워 넣고는 등불 아래에서 바느질을 했어. 바위처럼 흔들리지 않으리라 마음먹으면서. 하지만 난 그날 밤 세탁장에 놓인 침대 안에서 울고 또 울었어. 넌 알 거야, 리즈. 나와 함께 어려운 시절을 겪어 봤으니, 여간한 일에 내가 울지 않는다는 걸 말이야.”

“그래. 얼마나 참기 힘들었으면 그렇게 울었겠니.” 피틀리 부인이 말했다.

“새벽녘에야 정신을 차리고는, 차갑게 말라붙은 눈물 자국을 닦았지. 저녁이 올 때까지 기다렸어. 남편 무덤에 빈손으로 가기가 뭣해서 꽃을 몇 송이 꺾고 있는데, 애리를 봤어. 지금 전쟁 기념비가 세워진 곳에서. 그 사람은 말을 끌고 집으로 가고 있었는데, 나를 못 본 것 같더라고. 그래서 내가 그를 불러 낮은 목소리로 말했지. '애리, 런던으로 가서 요양을 좀 하지 그래요.' 그가 대답했어. '그럴 수 없어요. 당신에게 줄 게 아무것도 없으니까.' '그런 건 필요 없어요. 하늘에 맹세컨대 난 아무것도 요구하지 않을 거예요. 그냥 런던의 의사에게 가보라는 말이에요.' 그 사람은 슬픔이 가득한 눈으로 나를 보았어. '소용없는 일이오, 그레이. 이제 몇 달 남질 않았어요.' 다시 내가 말했어. '애리! 내 사랑!' 목이 잠겨서 더 이상 말을 할 수가 없었지. '당신의 친절에 감사하오, 그레이.' 그 사람이 말했어. 하지만 결코 '내 여자'라고는 하지 않았지. 그러고는 길 위쪽으로 가버렸지. 그의 어머니가, 빌어먹을 그 여자가 그를 기다리고 있다가 집으로 들어서자 문을 꽝 닫아 버리더군."

피틀리 부인이 식탁 너머로 팔을 뻗어 손가락을 꼬물거리며 애시크로프트 부인의 옷소매를 부여잡았다. 하지만 애시크로프트는 그 손을 잡지 않았다.

"난 꽃을 꺾어 들고는 교회 마당을 건너 남편의 무덤으로 갔어. 그러면서 남편이 죽을 때가 되어서야 똑똑해진 것 같다고 말했던 그 밤을 떠올렸지. 무덤에다가 빈 잼 통을 놓고 꽃을 꽂고 있는데, 불현듯 애리를 위해 할 수 있는 한 가지 일이 떠올랐어.

그건 병원과는 상관 없는 일이었어. 오직 나만이 할 수 있는 일이었지. 다음 날 아침, 런던의 단골 청과물상 청구서를 챙겨 들고 베스에게는 마셜 내외분 집에 가서 문을 열어 둬야 한다고 말하고는, 오후 기차를 탔어. 마침 수중에는 마셜 부인이 자질구레한 것들을 구입할 때 쓰라고 준 소액의 현금이 있었지.”

“두렵진 않았니?”

“뭣 때문에? 내게 남은 건 오직 나 자신에 대한 수치심과 용서에 인색한 하느님뿐이었어. 내가 아니면 애리를 구해 낼 수 없으니, 내가 할 수 있는 게 무엇이었겠니? 오로지 내가 다 타버릴 때까지 불길을 꺼트려선 안 된다는 것만 알고 있었지.”

“널 누가 말리겠니!” 손을 다시 뻗으며 피틀리 부인이 말했다. 그제야 애시크로프트 부인이 그녀의 손을 가만히 부여잡았다.

“그 사람을 위해 할 수 있는 일이 있다고 생각하니 위안이 되더라. 그래서 난 미리 둘러볼 겸 청과물상으로 가서 청구서에 적힌 가격을 치르고 손가방에다 영수증을 넣고는, 잡역 일을 하는 엘리스 부인에게 가서 마셜 내외분 집 열쇠를 받아 문을 열었지. 그러고는 돌아왔을 때를 대비해 잠자리부터 마련하고는 기도를 올렸어. ‘신이여, 부디 저를 제 침대에 뉘어 주소서!’ 그런 다음 차를 한 잔 마시고, 부엌에 앉아 생각에 잠겼지. 해가 질 때까지. 무서울 정도로 아무 생각이 들지 않더구나. 옷을 갈아입고 손가방에 영수증을 넣어 집을 나섰지. 영수증을 보는 척하면서 주소를 살폈어. 워덜스 가 14번지. 스물에서 서른 채의 집들 사이에 있는, 허름하고 조그만 벽돌담 안에 정원이 있고, 칠이 벗겨진 현관문을 가진, 조그만 지하 부엌이 있는 집을 찾아야 했지. 그 시간이 영원처럼 길었어. 인적이 끊어진 거리엔 고양이들만 돌아다니고 있었어. 덥기는 또 얼마나 덥던지! 드디어 집을 찾았지. 난 어금니를 꽉 물고서 그 집의 입구로 다가갔어. 계단으로 올라서서 초인종을 눌렀지. 여자의 웃음소리 같은 게 커다랗게 들리더군. 그 소리가 텅 빈 집 안에서 울리는 것 같았어. 웃음소리가 그치자, 의자 소리가 들렸어. 부엌에 놓인 의자를 뒤로 휙 밀치는 소리 같았어. 그러고는 부엌 계단을 올라오는 발자국 소리가 들렸는데, 마치 육중한 여자가 실내화를 끌고 오는 것 같았어. 발자국 소리는 계단 꼭대기에 이르더니 거실을 가로질렀지. 아무것도 깔려 있지 않은 마룻바닥에서 나는 삐걱거리는 소리가 들리더군. 그러고는 현관 문 앞에서 우뚝 멈추었어. 그 순간, 난 우편함의 좁은 투입구 앞으로 목을 구부정히 꺾고는 말했어. '사랑을 위해 저의 남자, 애리 모클러에게 깃들어 있는 모든 악한 것을 제가 가질 수 있도록 해주소서.' 그러자 맞은편에서 입김이 내뿜어지는 걸 느꼈는데, 내 말소리를 더 잘 들으려고 문에다 귀를 대고 있는 것 같았어."

"네게 아무 말도 하지 않았니?" 피틀리 부인이 물었다.

"아무 말도. 그녀는 그냥 숨만 내쉴 뿐이었어. '하아' 하고 말이야. 그러고는 다시 부엌으로 내려가는 발자국 소리가 들리더군. 질질 끄는 그 실내화 소리 말이야. 그러고는 다시 의자가 끌리는 소리가 들렸어."

"그러는 동안 넌 계속 현관 계단에 서 있었고?"

애시크로프트 부인이 고개를 끄덕였다.

"그러고 나서 발길을 돌리는데 지나가던 한 남자가 말하더군. '이 집은 빈집인데요.' 나는 대답했지. '아, 그런가요? 주소를 잘못 알았나 봐요.' 그러고는 집으로 돌아왔고, 곧장 침대 속으로 들어왔어. 흠씬 매를 맞은 것 같았으니까. 열이 너무 나서 잠을 이룰 수가 없었어. 그래서 동이 틀 때까지 이리저리 왔다 갔다 하다가 드러누웠다 일어났다가를 반복했지. 그러다가 부엌으로 가서 차를 한 잔 마셨는데, 그만 엘리스 부인이 구석에 옮겨 놓은 고기 굽는 꼬챙이에 발목을 부딪히고 말았지. 그 일이 있고 난 뒤에 마셜 부부가 휴가에서 돌아오기를 기다렸어."

"그 빈집에서 혼자? 물론 너야 거기서 혼자 지내는 데 이골이 났겠지만." 피틀리 부인이 으스스한 느낌에 휩싸이며 말했다.

"혼자서 지낸 건 아니야. 엘리스 부인과 소피가 연신 들락거렸지. 셋이서 천장에서 바닥까지 깨끗이 청소도 했고. 나머지 집안일들도 모두 해치웠지. 그렇게 시간이 흘러갔어. 런던에 가을이 가고, 겨울이 왔지."

"아무 일도…… 아무 일도 일어나지 않았니?"

애시크로프트 부인이 미소를 지었다. "아무 일도 없었어. 그리고 11월에 난 베시에게 10실링을 보냈어."

"넌 정말 너그러운 여자야." 피틀리 부인이 그녀의 말을 툭 잘랐다.

"너그러운 게 아니라, 내가 알고 싶은 소식을 듣기 위한 대가였을 뿐이야. 베시가 알려 주기를, 그 사람에게 희망적이고 놀라운 일이 일어났다는 거야. 스몰딘에서 다시 수레꾼 일을 하고 있다는 거였지. 기분이 이상했어. 그 사람은 멀쩡해졌는데, 난 여전히 그 사람에게 아무것도 아니었지. 죽어 가고 있을 땐 내 사람이었는데, 살아나니까 언제 봤냐는 듯 딴사람이 되어 있다는 게, 화가 치밀더군. 봄이 왔을 때, 내 가슴은 분노로 가득 차 있었지. 발 바로 위쪽 정강이에 더러운 종기가 잡히더니 고름이 흐르기 시작했어. 나을 기미가 없었어. 자꾸만 살이 부풀어 올라 보는 것만으로도 아팠어. 삽으로 찍힌 것같이 되어서는, 진흙 같은 게 엉겨 붙어 있더라구. 보다 못한 마셜 부인이 당신의 주치의에게 날 보였지. 원래는 몇 달 동안 색깔 있는 스타킹으로 그 부위를 가려 놓아야 하는데, 처음엔 그냥 병원에 오기만 하면 된다고 그러더군. 발목은 가는데 너무 오래 서서 일해서 다리 정맥이 심하게 부풀어 올랐다고 했어. 그러면서 의사가 말하더군. '천천히 움직이도록 하세요. 그리고 다리를 높이 들어 올려놓고

쉬도록 해요. 그러면 편해질 겁니다. 너무 빨리 내리지도 말고 요. 당신은 아주 좋은 다리를 가졌어요, 애시크로프트 부인.' 그 러고는 젖은 붕대를 감아 주었지."

"제대로 했네." 피틀리 부인이 아는 체하며 말했다. "고름이 흐르는 상처엔 젖은 붕대를 쓰는 법이지. 램프 심지에 기름이 빨 려 드는 것과 같은 이치야."

"맞아, 그런가 보더라고. 마셜 부인이 밤늦도록 곁에서 날 지 켜 주셨지. 그러다 안 되겠다고 생각하셨는지, 완치될 때까지 베 시한테 내려가 있으라고 짐을 꾸려 주셨어. 어쨌든 내 일은 서서 하는 일이라 거기 있으면 쉴 수가 없으니까. 그 무렵에 너도 마 을로 돌아왔었지, 리즈?"

"그랬지. 그때 돌아왔었지. 그런데…… 난 네가 그런 상태인 줄은 짐작도 못했었어!"

"네게 알리고 싶지가 않았어." 애시크로프트 부인이 미소를 지었다. "그렇게 내려온 뒤에 거리에서 애리를 한두 번 봤었어. 살도 오르고 회복이 많이 되었더라구. 그러던 어느 날이었지. 베 시하고 외출을 했는데 그의 어머니와 길에서 마주쳤어. 그녀가 말하는 거야. 그 사람이 자기 말에 걷어차여 몸져누웠다고. 베시 가 그녀에게 말했지. 애리한테 여자가 있으면 간호도 해주고 좋 을 텐데 불쌍하다고. 그러자 그 노파가 노발대발하면서 애리를 돌봐 줄 여자는 없다고, 태생이 그렇다고 소리를 지르는 거야.

그 여자는 언덕배기에 올라서서 아들을 감시하는 게 낙이었어. 그녀의 두 손을 묶어 두지 않는 한 아무도 아들에게 접근할 수 없었지. 그제야 알겠더라고. 그 여자는 집 지키는 개라는 걸 말이야. 들어오고 싶으면 뼈다귀를 바치라고 으르렁거리는.”

피틀리 부인이 몸을 흔들어 대며 웃었다.

“그날 난 밤새도록 서 있었어.” 애시크로프트 부인이 다시 얘기를 시작했다. “그 집을 들락거리는 의사를 지켜보면서. 역시 갈비뼈에 문제가 생겼던 것 같아. 내 다리의 종기가 다시 터졌지. 고름이 줄줄 흘러내렸어. 그 사람이 갈비뼈를 다쳤기 때문이었지. 애리가 편안하게 밤을 보냈다는 얘기를 다음 날 아침에 듣고는 속으로 말했어. ‘우리 둘 다 누워 있어선 안 돼. 일주일만 다리를 내려놓고 지내 봐야겠어. 어떻게 되는지 보자구.’ 그날은 나도 그럭저럭 지낼 만했어. 아마도 내 속에서 남은 힘이 나왔는지도 모르지. 어쨌든 애리는 그날 밤도 무사히 지나갔어. 난 참고 버텼지만 주말까지 버틸 용기는 없었어. 그런데 애리가 예전 모습으로 돌아온 거야. 상처 하나 없이 말이야. 하지만 덕분에 난 세척장을 거의 기어 다녀야 했지. 난 혼잣말로 중얼거렸어. ‘내가 해냈어요, 나의 사랑. 내게서 건강을 가져가세요, 내 삶이 끝날 때까지. 오, 신이여, 애리를 위해 부디 저를 오래오래 살아 있게 해주소서.’ 더 이상 분노도 일지 않았어.”

“대체 왜 그랬니?” 피틀리 부인이 물었다.

"난 그를 위해 어떻게 해야 하는지를 깨달았어. 또 내게 고통이 왔다가 사라질 때면 동시에 분노도 일었다 사라진다는 것도 알았지. 결국 내가 그걸 조절해야 했어. 그런데 정작 문제는, 내게서 고통이 완전히 사라지는 때였어. 그런 상태가 내게 더 좋은 건지 아닌 건지 알 수가 없었어. 그리고 애리를 두고 오래 떠나 있는 게 두려웠어. 그 사람 상태를 알아야 하는데 그러질 못하니까. 그래서 그가 괜찮은지 확인하려고 잠깐씩 내려오곤 했지. 그러고 나서야 마음이 편해졌지."

"얼마나 그런 거니?" 피틀리 부인이 잔뜩 흥미를 느끼며 물었다.

"1년에 한두 번은 종기에 고름이 거의 보이지 않을 때가 있었어. 종기가 완전히 움츠러들고 고름이 모두 말라 버렸지. 그럴 때면 그는 어김없이 악화되어 있었어. 마치 경고를 하듯이. 내가 편하다는 건 그가 아프다는 거였어. 그러다가 다시 고통이 시작됐지. 하지만 할 일은 해야 했기에 더 이상 버틸 수 없다 싶을 때가 되어서야 다리를 의자 위에 높이 걸쳐 놓곤 했지. 다시 편안해질 때까지 말이야. 그다지 빨리 회복되진 않았지. 난 느낌으로 알 수 있었어. 애리가 곤란에 빠져 있다는 걸. 그럴 때면 난 또, 내가 모르는 사이에 그 사람이 혹시 다치지나 않았는지 알아보려고 베스나 아이들 앞으로 5실링을 보냈지. 그런 식이었어! 새로운 해가 오고, 그렇게 한 해가 가고, 그게 내 일과가 되어 버렸단다, 리즈. 그는 그렇게 수년 동안, 내게서 건강을 얻어 갔어."

"하지만 넌 아무것도 얻질 못했어, 그레이!" 피틀리 부인은 거의 울부짖듯 말했다. "정기적으로 그 사람을 보기는 했었니?"

"휴가를 얻으면 매번 그가 있는 곳엘 갔었어. 하지만 그 사람은 날 볼 수가 없었지. 나뿐 아니라, 그의 어머니를 제외하곤 어떤 여자도 그를 볼 수 없었어. 난 그저 소식만 들었을 뿐이야. 그 여자가 지키고 있는 한 어쩔 수 없었지."

"그렇게 세월이 흘러갔겠군." 피틀리 부인이 음울하게 말했다. "그 사람 지금은 어디서 일하고 있니?"

"꽤 오래전에 짐수레꾼 일을 그만뒀어. 웨일스에 있는 큰 트랙터 회사에 취직을 했는데, 가끔은 땅을 일구기도 하고 때로는 트럭을 몰기도 한다나 봐. 짬짬이 어머니가 있는 집으로 내려온다고 하는데 벌써 몇 주나 그 사람을 보지 못했어. 그래도 달라질 건 없지. 그는 어디선가 일을 하고 있겠지."

"그래도 뭔가 좀 알아봐야 하는 거 아니니? 가령, 애리가 결혼을 했다면?" 피틀리 부인이 물었다.

애시크로프트 부인은 의치 하나 없는 이를 드러내며 가쁘게 숨을 몰아쉬더니 말했다. "그건 내가 상관할 바가 아니지. 다만 고통이 다시 시작될 거라는 건 잘 알고 있어. 그래도 어쩌겠니. 나로 인해 그가 건강할 수 있다면. 그렇지 않니, 리즈?"

"당연하지, 그래, 당연하고말고."

"가끔은 이게 운명이란 생각이 들어. 간호사가 올 텐데 보고 가. 그녀는 이 증상이 전이될 수 있다는 걸 내가 모르는 줄 알아."

피틀리 부인은 그 말을 이해할 수 있었지만, 차마 '암'이라는 말은 입에 담지 못했다.

"너 확실히 괜찮은 거야, 그레이?" 그녀가 물었다.

"마셜 씨는 내가 열심히 일한다고 늘 칭찬해 주시는데, 날 위해 밤새워 연구를 하시더니 괜찮아질 거라는 확신을 주셨어. 그동안 정말 편히 지냈어. 생활 보조금만으로 충분치 못하지만 그분들이 매주 생활비를 보태 주시니 얼마나 고마운 일이야. 3년 전만 해도 그분들의 은혜를 갚을 수 있었는데."

"그럴 필요 없어, 그레이."

"혹시, 베시한테 일주일에 15실링씩 보내 준 것이 20년 동안 날 살게 한 게 아닐까?"

"네가 잘못 안 거야! 네가 실수를 한 거라고!" 피틀리 부인이 강하게 맞받았다.

"리즈, 종양이 부풀어 올랐다고 실수라고 할 순 없어. 변한 건 없어. 너도 알게 될 거야. 그리고 난 도라 위크우드에게도 내 환부를 보여 줬어. 그녀도 겨드랑이 아래쪽에 종양을 갖고 있는데, 나보고 괜찮을 거라고 했어."

피틀리 부인이 잠깐 생각에 잠겼다가 절망하듯 고개를 숙였다.

“네게 허락된 시간이 얼마나 될 것 같니, 그레이?”

“그리 빨리 잘못되지는 않을 거야. 하지만 다음 휴가 때까지 널 보지 못한다면, 지금 미리 작별 인사를 해야겠지, 리즈.”

“그때까지 내가 잘 지낼 수 있을지 모르겠어. 날 도와줄 조그만 개 한 마리도 없는데, 애들조차 날 봐주지 않는데. 오, 그레이! 난 눈이 안 보여, 안 보인다고!”

“그러면서도 왜 퀼트를 계속하는 거야! 몸을 생각해. 알겠니, 리즈? 아프다는 걸 아는 건 중요한 일이야. 내가 애리를 지킬 수 있었던 것도 내가 아프다는 걸 알기 때문이었어. 그건 결코 헛된 일이 아니었어. 리즈, 그렇게 말해 줘. 헛된 일이 아니었다고.”

“맞아, 암, 맞고말고. 넌 보상을 받을 거야.”

“보상 같은 건 바라지 않아. 지금으로 족해. 설사 고통이 내 생각 속까지 파고들어 온다고 해도 상관없어.”

“그래, 네 말이 맞아, 그레이.”

문을 두드리는 소리가 들렸다.

“간호사가 왔군. 일찍도 왔네. 문을 열어 줘야겠네.” 애시크로프트 부인이 말했다.

가방에 든 병들이 부딪히는 소리와 함께 젊은 여자가 기운차게 안으로 들어섰다. “안녕하세요, 애시크로프트 부인. 보통 때보다 좀 일찍 왔어요. 오늘 밤 학교에서 댄스파티가 있거든요.

괜찮죠?"

"오, 물론이지. 내 댄스파티는 벌써 끝났으니까." 애시크로프트 부인은 곧 말수 적은 가정부로 돌아갔다. "여기는 내 소꿉친구 피틀리 부인이야. 잠시 동안 말동무를 해줬어."

"얘기하시느라 힘들지 않으셨어요?" 간호사는 조금은 냉랭하게 말했다.

"그 반대였어. 아주 기분이 좋았지. 다만…… 다만…… 마지막에 조금, 아주 조금 피곤해진 것 같지만."

"그래요, 됐어요." 간호사는 벌써 그녀의 무릎을 손으로 쓸어내리고 있었다. "나이 드신 분들이 만나면 말씀을 너무 많이 하시는 것 같아요."

"우리도 그랬는지 모르지." 피틀리 부인이 자리에서 일어나며 말했다. "그래서 이제 나도 좀 뜸하게 와야겠어."

"그러지 마." 애시크로프트 부인의 목소리는 힘이 없었다. "난 널 보고 싶단 말이야."

피틀리 부인이 그녀를 물끄러미 내려다보며 몸을 부르르 떨었다. 그러고는 허리를 굽혀 그녀의 병색 어린 누런 이마에다 키스를 한 뒤, 어두워진 회색 눈 위에다 다시 입을 맞추었다.

"그냥 놔두지 않을 거지? 아픈 거 말이야." 입술만 움직여 겨우 내뱉는 애시크로프트 부인의 말소리는 숨소리에 묻혀 거의 들리지 않았다.

✝ 소원의 집 ✝

피틀리 부인이 그 입술에 다시 자신의 입술을 대고는, 문 쪽
으로 걸음을 옮겼다.

저 여인의 곁에 있는 신은 어떤 신일까? 어쩌면 그건, 굴욕과
조롱이라는 이름의 신일지도 몰랐다!

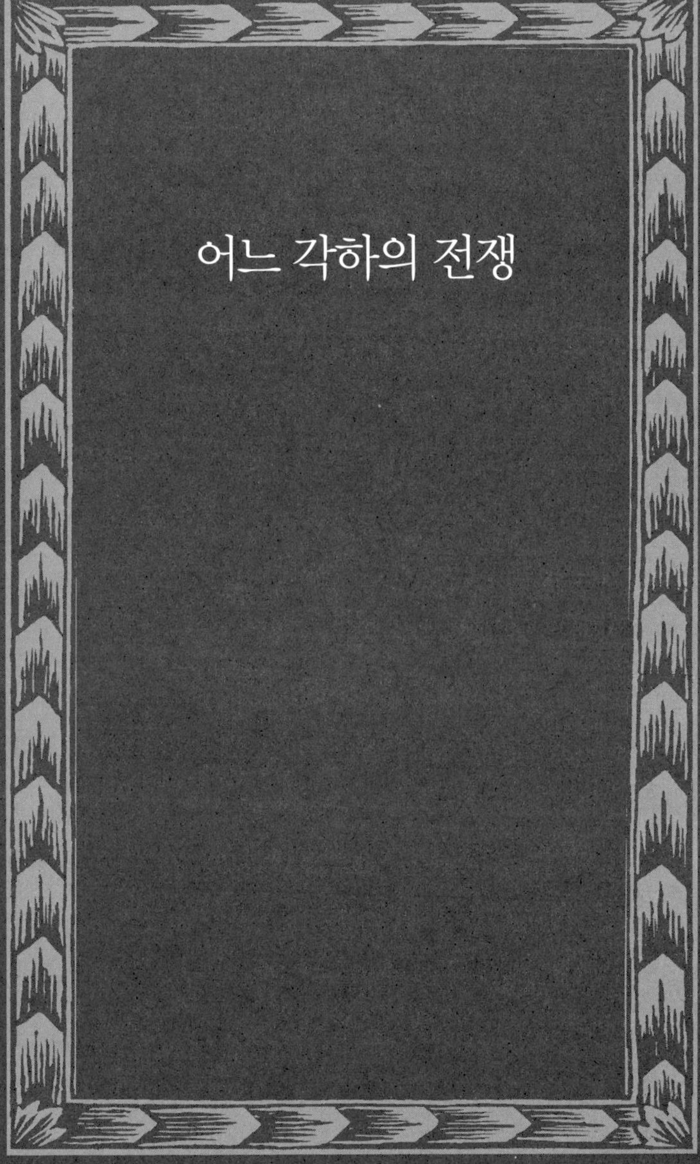
어느 각하의 전쟁

통행증? 통행증이라니요? 나는 이미 크론스타트*에서 스텔렌보스**로 가는 철도 통행증을 갖고 있잖소? 나는 스텔렌보스에서 봉급을 받고 또 거기 말들도 있소. 그리고 인도로 돌아가려면 그곳을 거쳐야 하오. 나는 펀자브 주 최초의 기병대인 141기병대, 구르가온의 기병대원이오. 그러니 기병대원이자 시크교도인 나를 이 검둥이 이교도들과 같이 놔둬선 안 되오. 아무래도 저 중위 각하***는 내 말을 못 알아듣는 게 분명해. 밀가루도,

....

❖ 남아프리카공화국 자치주에서 세 번째로 큰 도시.
❖❖ 케이프타운에서 25마일가량 떨어진 본부 및 보충대가 있던 곳.
❖❖❖ Sahib. 과거 인도에서 신분이 높은 유럽 남자에게 쓰던 칭호.

기름도, 향신료도, 피망도, 시크교도에 대한 존경심도 없는 이 끔찍한 나라에서 구르가온 기병대원의 말을 통역해 줄 사람이, 기차에 타고 있는 장교들 중 한 명도 없단 말인가? 젠장, 꼼짝없이 이러고 있어야 하다니……. 오, 서광이 보이는군. 제대로 된 사람을 만난 것 같은데. 오, 불쌍한 자의 수호자여! 하늘이 내려 주신 당신이여! 저 젊은 중위 각하한테 내 이름이 우므르 싱이라고 말해 주시오. 난 지금…… 아니, 지금은 아니고 석 달 전까지만 해도 돌아가신 쿠르반 각하를 보좌했던 사람이라오. 그러니 나를 이 검둥이 이교도들과 섞여 있게 해선 안 된다고 전해 주시오! 알겠소, 하늘이 내려 주신 당신께서 우리말을 못 알아듣는 저 젊은 중위 각하에게 알아듣도록 설명할 때까지 난 트럭에 앉아 있겠소이다.

* * *

명령이라니, 무슨? 설마 저 젊은 중위 각하가 날 일부러 붙잡아 두려는 건 아니겠지요? 다음 기차로 스텔렌보스로 갈 수 있겠소? 당신과 같이 가게 되는 건가요? 당연하지요! 그렇다면 하루 정도 당신의 시종이 되는 것도 나쁘지 않겠군요. 이 트럭에 당신이 앉으실 만한 자리가 있나? 이런, 여긴 아무것도 없군. 한쪽 구석에다 담요나마 펼쳐 놓겠소. 5월의 편자브만큼은 아니지만 햇볕이 무척 따갑구려. 건초도 깔아 놓겠소. 신께서 우리를 스텔렌보스 행 기차에 태워 주실 때까지 당신께서 편안히 앉아 쉴 수 있도록 말이오.

그런데 당신께선 펀자브를 아시오? 라호르❖는? 암리차르는? 아트리는 어쩌면 알지도 모르겠군요. 바로 그 아트리에서 북쪽으로 3마일이나 들이 쫙 펼쳐져 있는 곳이 내 고향이라오. 내가 살던 곳 가까이에 위대한 여왕❖❖의 — 이름이 뭐였는지는 까먹었지만 — 처소를 그대로 옮겨 놓은 거대한 흰색 건물이 있소. 당신께선 기억하시오? 아트리 출신의 사령관 디알 싱을! 그분은 진정한 인간이셨소. 모르시는 것 같군요. 그분은 인도에서 태어나서 자랐소. 오, 이런! 이건 다른 문제인데. 저 젊은 중위 각하의 시중을 들던 여자가 뭄바이 옆 수라트에서 온 여자였던가요? 애석한 일이오. 오지의 젊은 처녀에게 시중을 들게 하시다니. 고장으로 따지면 펀자브만 한 곳이 없고, 사람으로 치면 시크교도만 한 사람이 없지요. 그래요, 내 이름이 우므르 싱이오. 늙은이로 보인다고요? 보시다시피. 줄곧 기병으로 지냈냐고요? 그랬…… 습죠. 의심이 드신다면 내 제복을 보시오. 꼭 그렇다는

❖ 펀자브의 수도로, 파키스탄 제2의 도시. 키플링의 고향이자, 젊은 시절 4년 동안 소설 집필을 했던 곳이다.
❖❖ 빅토리아 여왕을 말함. 1837년부터 영국의 여왕으로 등극해, 1876년 이후 인도의 여제로 군림했다.

건 아니고, 저 각하께서 너무 노려보시니까 그런 생각이 든 거
요. 계급장 같은 건 오래전에 모두 떨어져 나갔소. 하지만……
내가 입고 있는 건 기병대원들의 일반 복장은 아니라오. 저 각하
의 눈이 매섭구려. 구르가온 기병대원들도 은으로 된 이파리들
을 달고 있느냐고 각하께서 물으시는군. 아니…… 천만의 말씀
이오. 우리가 어찌 브리티시 인디아❖의 훈장을 달고 있겠소? 말
이 안 되지요. 저 각하께선 펀자브 경찰국 소속인 것 같군요. 나
도 1년 가까이 어떤 각하의 시종으로 지낸 적이 있다오. 심부름
꾼, 집사, 청소부 역할을 도맡았소. 그런 천한 일이 시크교도에
겐 맞지 않았을 것 같다고 저 각하가 말하는구려. 물론이었소.
그렇지만 그건 쿠르반 각하를 위한…… 3개월 전에 돌아가신 나
의 쿠르반 각하를 위한 일이었소!

＊　＊　＊

　푸른 눈을 가진 불그레한 얼굴의 한 젊은이가 있었소. 그는
기분이 좋을 때면 손가락 마디를 똑똑 꺾으며 경쾌한 발걸음을
옮겼소. 내가 구르가온 기병대에 복무하고 있을 때였는데, 내 아

❖ 원래 1837년 동인도회사에 의해 만들어진 장기 충성 명예직이다. 인도 폭동 이후
동인도회사가 세력을 잃자, 1859년에 영국 명예직제에 편입되었다가 1947년 인도 독
립과 함께 폐지되었다.

버지 대에 줄룬두르❖ 행정청의 경무관을 지내셨던 그의 아버지
도 꼭 그런 행동을 했었소. 내 아버지가 누구냐고요? 즈왈라 싱,
시크교도 중의 시크교도였지요. 소브라온에서 영국군과 맞서 싸
웠고, 명예를 목숨처럼 생각하셨던 분이었소. 그런 점에서 우린,
그러니까 나와 나의 쿠르반 각하는 피로 맺어진 관계라고 말할
수 있소. 아무튼 난 기병대원이었소. 일병으로 승진을 했을 때가
기억나는군요. 그날 아버지는 내게 손수 기르신 연한 흑갈색 종
마를 주셨소. 그때 쿠르반 각하는 가정부와 함께 연병장의 벽 밑
에 쪼그리고 앉아 있다가 우리의 훈련이 끝나자 까르르 웃음을
터뜨리던, 어린아이에 불과했소. 그의 아버지와 나의 아버지가
함께 애기를 나누시다가 나의 아버지가 내게 오라고 손짓을 하
셨소. 내가 말에서 내리자 어린 쿠르반 각하는 손을 내밀어 내
손을 잡았소. 그리고 18년, 25년, 이제 27년이 지났군요. 쿠르반
각하…… 나의 쿠르반 각하! 아, 그 후로 우린 둘도 없는 친구가
되었소! 그는 나의 칼자루를 잡고 놀며 철이 들었소. 속담에도
있듯이 아이는 칼자루를 잡고서야 어른이 된다오. 그는 제 딴에
는 나를 '큰 우므르 싱'이라고 부른답시고 '부와❖❖ 우므와 싱'이
라고 불렀지요. 그의 키는 고작해야 이 트럭 바닥 높이 정도였지

<hr>

❖ 펀자브 주 북부에 있는 도시로, 현재의 잘란다르.
❖❖ 크다는 뜻의 힌디어 부라(Burra)를 어린아이 발음으로 한 것.

만 기병대원의 이름을 모두 외우고 있었다오. 그러다 그는 영국으로 건너갔고, 청년이 되어 돌아왔소. 특유의 경쾌한 발걸음으로 손가락 마디를 똑똑 꺾으면서 자신의 부대와 내게로 돌아왔소. 그는 우리말이나 풍습을 하나도 잊지 않고 있었소. 시크교도 고스란히 기억하고 있었고. 그는 여유로웠고, 관대했고, 불쌍한 기병대원들의 친구였으며, 뛰어난 안목을 갖춘 익살꾼이었으며, 꾸밈이 없었소. 그와 보낸 첫 몇 년을 고스란히 기억하고 있다오. 그때 그는 뭐든 숨김없이 내게 털어놓았소. 그리고 우리 둘만 있을 땐 나를 아버지라고 불렀소. 나는 그를 아들이라고 불렀고. 그건 우리만의 대화 방식이었소. 우리는 모든 것에 대해 자유롭게 얘기를 나누었소. 전쟁에 대해, 여자에 대해, 돈에 대해, 그리고 진급에 대해, 모든 얘기를 나누었소.

우리는 이 남아프리카의 전쟁❖에 대해서도 얘기를 나누었소. 이곳으로 오기 훨씬 전부터. 당시 요하네스버그엔 수많은 마부와 행상인들이 있었소. 파탄족❖❖ 사람들도 적잖이 있어서 우리에게 매주 전쟁 소식을 전해 줬소. 얼마나 많은 각하들이 보어인❖❖❖의 발아래 무기를 내려놓고 무릎을 꿇는지, 그리고 얼마나

....

❖ 보어 전쟁을 말함.
❖❖ 파키스탄 북서부 및 아프가니스탄 남동부에 주로 살고 있던 종족.
❖❖❖ 네덜란드계의 남아프리카 이주민.

많은 대포들이 각하들을 지켜 내기 위해 길거리를 오르내리고 있는지를. 에거(에드거였나?)라는 한 각하가 보어인에 의해 장난 삼아 죽임을 당했다는 소식도 들을 수 있었소. 한 달여 동안은 요하네스버그에서 다시 총성이 났다는 소식은 없었소. 그곳 각하들은 대단히 영리했지만, 자신들의 영리함이 만들어 낸 우편으로 인해 우표 값만 있으면 그곳의 모든 소식을 어디로든 알릴 수 있다는 사실은 망각하고 있었소. 우리 인도인은 그곳의 소식을 귀 기울여 듣다가 깜짝 놀랐소. 행상인들과 야채 장수들이 전한 소식, 요하네스버그의 각하들이 보어인들에게 포로로 잡혔다는 건 사실이었소. 우리는 질문을 쏟아냈고 기적을 기다렸소. 하지만 다른 사람들은 기적의 의미를 제대로 해석하지 못했소. 쿠르반 각하만이 그 이유를 알고 있었으며, 우리는 그에 대해 함께 얘기를 나누었소. 그가 말했소. "허둥거릴 필요 없어요. 머지않아 우리는 전투에 임하게 될 것이고, 요하네스버그 주변 지역에 있는 모든 인도인들을 위해 싸울 겁니다. 그곳 각하들이 이 전쟁을 일으킨 건 인도 때문이에요. 이곳에선 지배를 하고 저곳에선 종노릇을 할 수는 없으니까요. 모든 곳에서 지배를 하거나, 모든 곳에서 복종을 해야 할 뿐. 신은 국가를 얼룩말로 만들지 않아요. 그게 진실입니다!"

전쟁은 무르익어 갔소. 한 번에 한 발자국씩. 하지만 나는 답답했소. 각하들이 왜 빨리 군대를 조직하지 않는지, 이러다가는 나중에 후회하지 싶었소. 각하들이 왜 토치 강 유역의 부족들에게, 티라족에게, 부녀족에게 도움을 청하지 않는지, 아무리 생각해도 답답했소. 너무도 조용히, 너무도 부드럽게 그 일을 해낼 수 있는데도 말이오.

그러던 어느 날, 쿠르반 각하가 나를 불러 말했소. "어쩌죠, 아버지? 제가 몸이 안 좋아요. 의사가 몇 달 동안 요양을 하라고 제게 허가증을 써주었어요." 그러고는 눈을 찡긋했소. 내가 말했소. "내가 따라가서 간호를 해주어야겠구나. 제복을 갖고 가도 될까?" "그럼요. 환자인 제가 의지할 수 있게 군도도 갖고 가세요. 우린 뭄바이로 갈 겁니다. 그리고 거기서 바다를 건너 흑인들의 나라(남아프리카공화국)로 들어갈 겁니다." 그의 영명함이란! 당시 우리 인도 군인들이 바라는 건 딱 하나, 그가 병이 나아서 인도로 돌아오는 것이었소. 그래서 그들은 각하가 아프든 건강하든 노상에서 벌어지는 전쟁에 절대로 참가하지 않겠다는 서명을 받고서야 각하를 보내 주었소. 쿠르반 각하는 영리했소. 그가 그곳을 떠날 때는 남아프리카공화국에 전쟁의 기미가 없었을 때였으니까. 나도 갔냐고요? 당연하오. 나는 연대장에게 가서 의자에 앉아 말했소. (나는 그때는 연대장과 함께 의자에 앉을 정도의 위치였소.) "제 아이가 아픕니다. 그러니 저를 떠나게 해주십시오. 저는 늙었고, 몸도 좋질 않습니다."

그러자 연대장이 영어와 힌디어를 섞어 말했소. "그렇게 하시오. 당신은 신실한 시크교도요.” 그러곤 나를 늙은 악마라고 불렀소. 물론 농담으로. 병사가 다른 병사에게 하듯이 말이오. 그는 나의 쿠르반 각하가 건강이 좋지 않다는 건 거짓말이란 걸 알고 있었소. 한참 뒤, 연대장은 자리에서 일어나 나와 악수를 하고는 각하를 안전하게 모시고 가라고 허락했소.

그렇게 나는 쿠르반 각하와 뭄바이로 갔소. 남아프리카공화국으로 향하는 바다 앞에 도착했을 때, 짐꾼 와지브 알리가 갑자기 자신의 어머니가 돌아가셨다고 말했소. 나는 쿠르반 각하에게 말했소. “저놈은 한 마리의 무슬림 돼지에 불과하니 신경 쓰지 마세요. 트렁크 열쇠를 나한테 주세요. 오늘 저녁 만찬에 입을 흰 셔츠는 내가 준비해 드리겠습니다.” 그러고는 나는 와지브 알리를 왓슨 호텔 뒤편으로 데리고 가서 두들겨 패서 쫓아 버렸소. 그날 밤 욕실에 쿠르반 각하의 면도기를 준비해 놓고는 말했소. “각하, 나 카르사의 시크교도, 수염을 자르지 않는 남자가 당신을 위해 면도기를 준비했습니다.” 시중을 드는 동안에는 나는 제복을 입지 않았소. 증기선에 올랐을 때 쿠르반 각하는 날 위해 방을 하나 따로 주고는 그 자신이 받았던 것과 똑같이 경의를 다해 나의 시종 노릇을 해주었소. 우리는 이 나라로 오는 동안 많은 얘기를 나누었소. 쿠르반 각하가 전쟁이 일어날 것 같다며 말했소. “그들은 보병들로 하여금 기병들을 공격하게 할 것이고, 멍청하게도 보어인들에게 자비를 베풀려 할 겁니다. 그들이 백인이라고 믿기 때문이지요." 그가 말을 이었지요. "이 전쟁에서 유일한 실수는, 영국 정부가 우리 인도 기병대를 고용하지 않았다는 겁니다. 그래서 결국 이 전쟁은 유럽인 각하들의 전쟁이 된 겁니다. 많은 사람들이 죽을 것이고, 복수도 제대로 이루어지지 못할 겁니다." 결국 사태는 쿠르반 각하의 예언대로 흘러가고 말았지요.

마침내 우리는 이 나라의 케이프타운으로 들어왔소. 쿠르반 각하가 말했소. "저기 큰 방갈로로 짐을 옮기세요. 저는 간병인을 찾아보겠습니다." 나는 계급장이 달린 제복을 입고, 마운트 넬슨이라는 큰 방갈로로 갔소. 그러고는 무거운 짐들을 어두컴컴하고 낮은 곳에 보관했소. 거기는 이미 장교들의 군도와 짐으로 가득 차 있었소. 지금은 더욱 꽉 차 있을 테지요. 죽은 자들의 물건들로! 나는 모두 세 개의 영수증을 세심하게 확인했소. 지금 내 허리띠 안에 들어 있다오. 펀자브로 꼭 갖고 돌아가야 하니까.

한참 뒤에 쿠르반 각하가 왔소. 특유의 가벼운 걸음으로. 내가 인기척을 내자 그가 말했소. "운이 아주 좋아요. 말들이 파송되는 것을 보러 스텔렌보스로 갑시다." 기억하시오, 쿠르반 각하가 구르가온 기병대의 지휘관이었다는 사실을! 그리고 나는 우므르 싱이었소! 나는 늘 하던 대로 가까이에 아무도 없자 그에게 반말로 말했소. "너는 말을 기르는 사람이고, 난 말이 먹을 풀을 베는 사람이지. 난데없이 진급이라도 한 거니, 아이야?" 내 애기에 그는 웃음을 터뜨리며 말했소. "더 잘된 일이죠. 인내심을 가져요, 아버지. (아, 아무도 없을 때 그는 나를 아버지라고 불렀다오). 이 전쟁은 하루 이틀에 끝나지 않아요. 새로 부임한 장교들을 봤어요." 그가 말을 이었소. "그들은 올빼미의 애비가 될 겁니다. 모두가 똑같이!"

우리는 말들이 있는 스텔렌보스로 향했고, 쿠르반 각하는 그가 맡은 업무에 관해 관리들로부터 보고를 받았다오. 모든 업무는 신만이 출신 성분을 아는, 야전 경험은 하나도 없는 새로 부임한 장교들에 의해 근근이 이어지고 있었소. 그들은 질투심으로 가득 차 있을 뿐, 머리는 텅 비어 있었소. 그때 인도로부터 조금씩 파탄족 병사들이 ― 그들은 산정을 넘는 독수리와 같았소 ― 파송되어 왔소. 그들이 가는 곳엔 언제나 대량 학살이 일어났소. 그리고 상당수의 시크교도들과 ― 비록 무즈비*들이었지만 ― 마누라가 무서워 입대한 일군의 마드라스** 사내들도 스텔렌보스로 들어왔소. 대영제국의 모든 국가들이 말을 보내오기도 했소.

말들은 땅 끝으로 모여들고 있었소. 신은 안다오. 말들은 잡아먹히기 전까지는 군대와 함께한다는 것을. 군인들은 고급 매

---

* '종교적 신념'이라는 의미의 아랍어 '마자브'에서 유래한 시크교도의 한 계층.
** 벵골 만 유역의 항구 도시.

춘부가 향유를 다루듯 말들을 애지중지했소. 말들을 보살피는 데는 많은 사람들이 필요했소. 쿠르반 각하는 내게 양모 같은 털을 가진 흑인 용병들의 지휘를 맡겼소(내가 지휘를 하다니!). 얼굴빛과 눈빛이 심상치 않은 놈들이었소. 그들은 엄청나게 먹어 댔고, 서로의 배를 베고 잠이 들었으며, 아무 이유 없이 웃어 댔소. 완전히 짐승들이었소. 몇 놈은 핑고스❖라고 불렸지만, 그래 봐야 놈들은 모두 불결한 검둥이일 뿐이었소. 나는 그들에게 말에게 물과 사료를 주는 법, 청소하는 법과 말들을 문지르는 법을 가르쳤소. 난 그 쓰레기들의 십장이 되어 그들을 지켜보았소. 한편 쿠르반 각하는 병이 나서 다섯 달 동안 호전되지 않았소. 끔찍한 몇 달이었소! 전쟁은 쿠르반 각하가 말한 대로 진행되어 갔소. 새로 부임한 군인들은 살해됐고, 어떤 복수도 감행되지 못했소. 마술사의 도구로 무장한 바보들의 전쟁이었소. 화기火器들은 반나절 만에 절단이 났고, 새로 투입된 병사들은 앞도 분간할 수 없을 만큼 높다랗게 자란 풀숲을 걸어가다가 보어인들에게 가축처럼 도륙되었소. 스텔렌보스에서 나는 단지 한 명의 초라하고 유일한 시크교도이자 구르가온 기병대일 뿐이었소. 하지만 땅바닥에 드리워진 대영제국의 말 그림자에 키스하는 법을 사람들에게 교육시켰소. 스텔렌보스에는 성직자들이 아주 많았는데, 그

....

❖ 남아프리카의 한 부족.

들은 우리를 상대로 지하드❖에 대해 설교했소. 그것은 모든 부대가 알고 있는 사실이었소. 대부분의 말들은 털을 잘라 주지 못해 덥수룩했소. 정말이지 멍청이들의 전쟁이었소.

다섯 달이 지날 무렵, 점점 야위어 가던 나의 쿠르반 각하가 말했소. "기다린 보람이 있었어요. 내일 말들을 데리고 전선으로 올라갈 겁니다. 가끔 제가 너무 아프면 후퇴해야 할지도 모릅니다. 어쨌거나 짐을 꾸려 주세요." 우리는 배를 타고, 새 부대에게 지급된 말들을 담당하고 있던 몇몇 검둥이들과 함께 출발했소. 기차를 타고 가던 둘째 날, 먹을 것을 구할 수 있는 시장은 눈을 씻고 봐도 없는 외딴 곳에 이르러 말들에게 물을 먹이고 있을 때, 말 운반용 화차에서 시칸데르 칸이라는 자가 미끄러져 나왔소. 그는 원래 스텔렌보스에서 말을 사육하다가 국경 부대의 기병대원이 되어 복무하고 있던 자였소. 쿠르반 각하는 그가 무단으로 탈영했다며 크게 꾸짖었고, 그 파탄족은 잘못을 뉘우치는 뜻으로 두 손을 번쩍 들었소. 쿠르반 각하는 감정을 누그러뜨리고는 그에게 임무를 부여했소. 그래서 우리는 셋이 되었소. 쿠르반 각하와 나, 그리고 시칸데르 칸이. 진정한 인간인 우리 각하가 말했소. "우리는 각자의 고향으로부터 멀리 떨어져 있고, 두 사람은 라즈(영국이 통치하는 인도)에 속한 사람들이오. 인더스 강을 다시

....

❖ 이교도에 대한 회교도의 성전(聖戰).

볼 때까지 모두 협력하도록 합시다." 나는 시칸데르 칸이 먹는 것과 똑같은 걸 먹었소. 소고기❖를 먹은 거요. 그는 어느 날 밤 장교들의 텐트에서 깡통에 든 돼지고기❖❖를 훔쳐 먹었다고 고백하더군요. 자신의 경전인 코란에 적혀 있기를, 성스러운 전쟁에 참가한 사람은 누구든 의무로부터 자유롭다고 했다는 겁니다. 대단한 변명이었지요! 그는 세례식에서 칼끝으로 설탕과 물을 찍는 시크교도는 아니었지만, 더 이상 자신의 종교에 얽매이지 않는 상태였소. 그는 파견된 지 얼마 안 된 부대에서 말을 한 마리 훔쳐 냈고, 나도 거세한 회색 말 한 마리를 어렵게 구했소. 새로 들어온 부대는 말들을 너무 방치해 놓고 있었다오.

뻔뻔스런 몇몇 부대들은 우리가 길러서 보급한 말들을 이동 중에 죽여 버리곤 했소. 한두 번은 말에 대한 징발서와 조달 명령서를 제시하고는 트럭째 가져가기도 했소. 쿠르반 각하는 영리했고 나 또한 바보는 아니었으니, 전선에서 정직함을 찾기란 쉽지 않다는 사실을 잘 알고 있었소. 말 도둑으로 구성된 떼거리가 있을 정도였소. 코맹맹이 소리를 내는 키가 크고 마른 각하들은 말끝마다 "아, 빌어먹을!" 하며 욕설을 뱉었소. 그들은 제복에 포도 잎사귀❖를 달고 있었고, 왕의 아들처럼 말을 탔소. 아니

❖ 이 소설의 화자는 소를 신성시하는 힌두교도(시크교도)다.
❖❖ 시칸데르 칸은 이슬람교도이기에 원래는 돼지고기를 먹지 않아야 한다.

시크교도들처럼, 오스트레일리아 사람들처럼 탔소. 나중에 우리는 오스트레일리아 사람들을 만났는데, 그들 역시 비슷한 콧소리를 내고 키가 크고 갈색의 또렷한 눈과 낙타처럼 짙은 속눈썹을 가진 다갈색 피부를 가진 사내들이었소. 그들은 언제나 이렇게 말했소. "두렵지 않아!" 우리말로 그것은 '둘로 무트(무서워하지 말라)'라는 말이었고, 그래서 우리는 그들을 '둘로 무트'라고 불렀소. 다갈색 피부의 그 키 큰 사내들은 아주 훌륭한 기병들로, 전투를 치를 땐 맹렬하고 미친 듯이 싸웠고, 차를 마실 땐 모래언덕이 물을 빨아들이듯 마셨소. 그들 중에 도둑이 있었냐고요? 적지 않았소. 열 세대를 이어오는 말 도둑의 씨를 타고난 시칸데르 칸이 내게 이렇게 맹세할 정도였소. "파탄족은 둘로 무트에 비하면 아기에 불과해요!" 둘로 무트들은 결코 자신의 두 발로 걷지 않았고, 그래서 꼭 말이 필요했소. 전쟁에 딱 어울리는 족속이었소. "두렵지 않아"라고 말하는 둘로 무트들은 쿠르반 각하의 진가를 바로 알아보았소. 그래서 그들은 마구간을 치워 달라고 요구하지도 않았고, 각하가 떠나도록 놔주지도 않았소. 마치 카이바르❖❖의 초입과 같은 야트막한 산들로 꽉 들어찬 나라

❖ 포도 잎은 캐나다 국기에 나오는 단풍잎과 비슷한 모양으로, 이 부대는 영국 정규군이 아니라 캐나다로부터 파병된 지원병으로 보인다. 코맹맹이 소리를 낸다는 것도 북미 발음의 특징에 해당한다.
❖❖ 파키스탄과 아프가니스탄을 잇는 주요 산길.

에서 보낸 어느 긴 하루 동안, 각하는 열병에 걸려 몸져누운 기병대 지휘관을 대신해 부대를 맡았소. 저녁이 되어 그의 부대가 귀환했을 때, 둘로 무트들은 입을 모아 말했소. "이 사람이 바로 적임자로다. 그를 훔쳐 오라!" 그래서 그들은 나의 쿠르반 각하를 필요한 물건을 훔치듯 훔쳐 가버렸소. 그러고는 앓아누운 장교를 스텔렌보스에 있는 그의 부대로 돌려보내 버렸소.

그래서 쿠르반 각하는 본연의 자리에 앉았고 나는 그의 시종이, 시칸데르 칸은 그의 요리사가 되었소. 군율은 엄격했소. 하지만 이 전쟁이 아무리 각하들의 전쟁이라고 해도 시종과 요리사가 각하와 함께 말을 타면 안 된다는 명령은 내려지지 않았소. 우리는 우리의 제복을 제외하곤 어떤 것도 입지 않았소. 우리는 시장도 없고, 그래서 흥겨움도 없고, 밀가루도 기름도 없고, 향신료도 피망도 땔감도 없는 이 저주받은 나라를 말을 타고 오르내렸소. 있는 것이라곤 오직 옥수수와 얼마간의 가축뿐이었소. 내가 보아 왔던 엄청난 전투들도 없었고. 하지만 총소리는 끊이질 않았소. 우리의 숫자가 많다 싶으면 보어인들은 커피를 내오며 반갑게 우리를 맞았소. 그리고 전에 부임했던 멍청한 영국 장군들로부터 받은, 그들이 평화롭고 호의적임을 증명하는 증명서를 우리에게 보여 주었소. 하지만 우리의 숫자가 적으면, 그들은 뒤춤에 숨긴 돌을 던졌다오. 그럴 때 쿠르반 각하는 준엄한 명령을 내렸소. 이 전쟁은 각하들의 전쟁이니, 너희들은 공격하지 말라고. 그러니 따를 수밖에! 대영제국의 군복을 입은 자들만이 참가할 수 있는 전쟁이었소. 하지만 적들인 보어인들은 내가 버마에 참전했을 때 마주쳤던 자들이나 파탄족처럼 호전적이었다오. 그들은 놀이하듯 총을 쏘았소. 총을 숨긴 채 허가증을 내보였고 집 안에 있을 때는 농부라고 말했소. 그들은 버마의 흘리네다탈롱에서 마드라스 부대를 혼란에 빠뜨렸던 농부들이나 카불에서 피에르 루이 나폴레옹 경❖과 정찰대원들을 도륙한 농부들과 비슷했다오. 아프가니스탄인들도 아침녘에 그들을 발라 히사르❖❖ 앞뜰에다 15~20명씩 모아 놓고 교육시키면, 그들은 대영제국을 받아들인다고 말했소. 하지만 거짓말이었소. 그러나 쿠르반 각하는 분명하게 선언했소. 우리는 오로지 보어 군대들과 싸운다고, 민간인인 보어인들은 죽이지 말라고. 쿠르반 각하의 선언은, 한 손에는 총을 들고 다른 손에는 허가증을 들고 싸우는 이곳 보어인들에게 고스란히 죽임을 당하겠다는 선언이나 다름없었소. 그래서 그들은 우리로부터 이런 소리를 신물 나게 들었소. 당신들의 명예를 존중하며, 허가증을 발급할 것이며, 아내와 아이들의 배를 채워 주고, 당신들의 가금을 빼앗은 우리 병사들을

❖ Sir Pierre Louis Napoleon Cavagnari(1841~1879). 프랑스와 아일랜드 혈통의 장군. 1857년 동인도회사의 업무로 아프가니스탄의 군주와 협약을 맺은 뒤 돌아오던 길에 그를 호위하던 군인들과 함께 카불에서 살해당했다.
❖❖ 아프가니스탄 카불의 고대 요새.

가혹하게 처벌하겠다는 말을. 그렇게 해서 번번이 얻어 낸 것이라곤 적잖은 희생자들뿐이었소. 나는 이 문제에 대해 쿠르반 각하와 여러 번 상의했지만, 그럴 때마다 그는 말했소. "이건 유럽인들의 전쟁입니다." 그러던 어느 날 밤, 시칸데르 칸이 칼을 가지고 나가 그들에게 뭔가 보여 주려고 초소 건너편으로 갔다가 된통 당하고 말았소. 눈에 안대를 하고 병든 낙타처럼 엉거주춤 나타난 시칸데르 칸은 어찌할 바를 모르면서 스텔렌보스로 돌아갈 거라고 했소. 그러자 쿠르반 각하는 은밀하게 내게 말했소. 그들이 완전히 궤멸할 때까지 시크교도들과 구르카❖ 사람들을 이 전쟁에 끌어들이겠다고.

그들이 우리를 쏘았냐고요? 당연하오. 그들은 백기가 달려 있는 집에 숨어서 우리를 향해 총을 쏘아 댔소. 하지만 우리가 어떻게 할지를 간파하고는 검둥이 심부름꾼을 시켜서 창문으로 뭐라 말을 전했고, 즉시 총성이 잦아졌소. 정말이지 그들은 두려움이 없었소! 우리가 상대한 보어인들은 하나같이 영국의 미친 장군들이 서명한 증명서를 갖고 있었소. 그들이 제국에 호의적이라고 적혀 있는, 그것 말이오.

그들은 또한 적지 않은 소총과 탄약을 지붕에다 숨겨 놓고 있

❖ 네팔에 사는 힌두교를 신봉하는 호전적인 종족. 1815년 이후로 영국군의 용병으로 활동했다.

었소. 보어 여자들은 우리가 그들의 집에 불을 지르자 난리를 치며 울부짖더니만 불길이 초가지붕을 타고 오르자 더 이상 가까이 다가가지 않았소. 탄약통이 터질까 봐 겁이 난 거였소. 보어의 여자들은 대단히 영리했소, 남자들보다 훨씬 더. 그렇다면 보어인들이 영리하냐고요? 절대로, 절대로 그렇지 않소! 그렇게 생각하는 건 멍청한 각하들뿐이오. 그런 각하들은 자신들의 명예를 위해 보어인이 똑똑하다고 말하는 것뿐이라오. 보어인을 똑똑하게 만든 건 놀라 자빠질 정도로 멍청한 각하들 탓이었다오. 그런 각하들이 이 게임 속으로 우리를 몰아넣었던 거요.

하지만 둘로 무트들은 훌륭했소. 그들은 모든 나라들과 성심을 다해 관계했지요. 우리 인도인들이 관계를 맺는 방식과는 달랐지만, 그들은 바보가 아니었소. 어느 날 밤, 우리가 차가운 산등성이에 올라가 있을 때, 나는 멀리 떨어져 있는 어느 집에 불빛이 반짝거리는 걸 보았소. 한 시간에 여섯 번 정도 불빛이 나타났는데, 뭔지 알 수가 없었소. 이윽고 세 번째로 그 불빛이 나타났고, 한 시간에 열두 번 반짝였소. 나는 쿠르반 각하에게 그 불빛을 보여 주었소. 불빛이 반짝이던 그 집은, 우리에게 허가를 받은 집이었기 때문이었소. 그 집 사람들은 여러 가지 허가증을 갖고 있었고, 우리들에게 충성을 맹세했었소. 나는 쿠르반 각하에게 말했소. "기병대의 반을 보내 저 집을 없애 버리자. 저건 분명 자기네 편에 신호를 보내는 거야." 그러자 그는 엎드린 채 웃음을 터뜨리며 말했소. "당신의 말을 모두 따른다면, 이 나라에 남을 집은 열 채도 안 될 겁니다." 내가 말했소. "하나라도 남겨 놓아야 할 이유가 무엇이냐? 이건 버마에서와 똑같은 상황이야. 저들은, 오늘은 농부고 내일은 전사인 사람들이야. 명확히 처리하지 않으면 안 돼." 그는 웃음을 터뜨리곤 담요에 몸을 감아 버렸지요. 나는 날이 밝을 때까지 그 집에서 흘러나오는 불빛을 지켜보고 있었소. 나는 버마 외에도 여덟 번의 전쟁을 국경에서 치른 사람이라오. 내 기억이 정확하다면 최초의 것은 아프가니스탄 전쟁, 두 번째도 아프가니스탄 전쟁이었소. 마흐수드 와지리 전쟁을 두 번씩, 그리고 말라칸드와 티라에서 두 번의 블랙 마운틴 전쟁을 치렀소. 버마 따위의 자질구레한 여러 작은 전투는 셈에다 넣지 않았소. 그러니 난 훤히 알았소. 한 집의 신호가 다른 집으로 옮겨 간다는 것을!

나는 시칸데르 칸을 발로 건드려 그에게 그 불빛을 보여 주었소. 그가 말했소. "어젯밤에 장교 식당에서 먹은 호박을 가져 온 보어인 중 하나가 저 집에 살아요." 내가 말했소. "어떻게 그걸 알아?" "막사 바깥으로 나간 그가 말을 다른 길로 모는 바람에 그의 말이 자꾸만 끙끙거렸습죠. 그게 이상해서 해가 떨어지기 전 저녁 기도 시간에 쿠르반 각하의 망원경을 슬쩍 갖고 나와서 산 쪽을 보았더니, 그 호박 장사꾼의 말이 바로 저 집에 매어 있더군요." 나는 아무 소리 하지 않고 그의 번들거리는 손에 쥐어져 있던 쿠르반 각하의 망원경을 뺏어 비단 손수건으로 깨끗이 닦아서는 케이스 안에 도로 집어넣었소. 시칸데르 칸은 자기가 펀자브의 치냅 계곡에서 최초로 망원경을 들여다본 사람이라고 말한 적이 있었소. 그 석 달간의 종족 전쟁이 어떻게 끝났는지를 말하면서. 물론, 그건 터무니없는 거짓말이었소.

그날 쿠르반 각하는 열 명 남짓한 기병을 데리고 막사를 지을 땅을 정찰하러 갔소. 둘로 무트들은 느리게 움직였소. 군량에다 말에게 먹일 사료까지 마차에 매달고 있었기 때문이었소. 그들은 마을에다 그걸 다 부려놓고 수월하게 움직이고 싶어 했소. 그래서 쿠르반 각하는 그들을 위해 지름길을 찾다가 행군 대열에서 조금 이탈해 버렸소. 우리는 본대보다 12마일쯤 앞에서 전날 본 그 집을 향해 가고 있었소. 그 집 뒤편에는 계곡이, 앞에는 크랄이라고 하는 돌로 쌓은 오래된 장벽이 있었소. 가시덤불이 그 집의 문 양옆에서 자라고 있었는데, 황금색 꽃들이 한창이었소. 지붕은 초가였소. 집 앞으로는 숲으로 뒤덮인 언덕이 높이 솟아 있고, 그 사이는 바위투성이 계곡이었소. 베란다에 한 노인이 있었는데, 흰 턱수염을 기른 그 노인은 목 왼편에 혹을 하나 달고 있었소. 돼지처럼 축 늘어진 턱과 쭉 찢어진 눈을 한 뚱뚱한 여인도 보였소. 그리고 도무지 이해하기 힘든 형상을 한 젊은 남자도 있었소. 머리카락이 하나도 없는 머리는 오렌지보다 작아 보였소. 두 개의 콧구멍은 마치 함몰된 듯 뻥 뚫려 있었고. 그는 침을 질질 흘리며 웃고 있었소. 뭐가 재밌는지 쿠르반 각하 앞에서 재롱을 떨기도 했소. 그 남자가 커피를 가져오고, 여자는 우리에게 세 명의 장군이 서명한, 망할 놈의 증명서를 보여 주었소. 당신께선 혹시 그 증명서에 서명한 장군들이 누군지 알고 있소?

그들은 그곳에 다른 보어인은 아무도 없다고 맹세했소. 손을 들어 맹세를 거듭했소. 저녁 먹을 시간이 다가와 있었소. 나는 후각을 잃은 표범처럼 코를 킁킁거리는 시칸데르 칸과 함께 베란다 가까이에 서 있었는데, 그가 내 팔을 끌며 말했소. "저쪽을 봐요! 어젯밤에 신호를 보냈던 집의 창문에 해가 걸려 있네요. 이 집에선 저 집이 훤히 보이고." 그러고는 숲으로 뒤덮인 뒤편 언덕을 쳐다보며 숨을 깊이 들이마셨소. 그때 바짝 오그라든 민머리의 백치 같은 사내가 내 곁에서 건들거리더니, 고개를 뒤편으로 꺾어 지붕을 쳐다보며 하이에나처럼 낄낄거렸소. 그러자 뚱뚱한 여자가 크게 뭐라 지껄였는데, 그의 허튼소리를 막아 보려는 심산인 것 같았소. 한때의 부산스러움이 지난 뒤, 나는 찻물을 긷는 척하면서 집 뒤편으로 돌아갔소. 땅바닥에 방금 눈 것이 분명한 말똥과 새로 찍힌 선명한 말굽 자국, 그리고 탄창 하나가 떨어져 있었소. 바로 그때 쿠르반 각하가 나를 부르며 말했소. "이 집에서 차를 마셔도 괜찮겠어요?" 나는 그의 말이 무얼 뜻하는지 알아차렸소. "부엌에 요리사가 득시글하네. 산으로 돌아갔다가 다시 와야겠어, 얘야." 그러고는 나는 얼른 베란다로 돌아갔고, 쿠르반 각하는 여자에게 미소를 띠며 말했소. "음식을 준비하시오. 준비가 다 되면 와서 허리띠를 풀고 먹으리다." 하지만 각하는 부하들에게 낮은 목소리로 속삭였다오. "어서 말에 올라!" 각하는 노인과 뚱뚱한 여자를 향해 결코 총을 겨누지는 않았소. 그건 그의 방식이 아니었으니까. 배가 고팠던 둘로 무트들 중 몇몇 멍청이들은 달아나라는 명령에 소리 높여 투덜댔소. 하지만 우리가 안장에 올라타기도 전에 여러 발의 총알이 지붕으로부터 날아왔소. 지붕 안에 저격수들이 숨어 있었던 거요. 우리는 바위로 뒤덮인 계곡으로 말을 달렸고, 집 뒤편과 언덕으로부터, 지붕에서와 마찬가지로 총알이 날아들었소. 그 엄청난 소리는 마치 산속에서 울리는 북소리 같았다오. 말 등에 착 달라붙어 있던 시칸데르 칸이 말했소. "이건 우리가 나설 일이 아니라 둘로 무트들이 처리할 일이라구요." 내가 말했소. "입 닥치고 자리나 지켜!" 그는 내 뒤편에 있었고, 나는 쿠르반 각하의 뒤쪽에서 말을 내달렸소. 다시 총알이 날아들었지만 우리 중 아무도 맞지 않았소. 바위 언덕에 이르자 총알이 바위에 튕겨 나가고 있었소. 쿠르반 각하가 안장에 앉은 채로 돌아보며 말했소. "저 노인 좀 보게!" 노인은 베란다에 서서 날랜 솜씨로 총을 쏘아 대고 있었고, 옆에 있는 뚱뚱한 여자와 백치 같은 젊은 남자까지 모두 총을 들고 있었소. 쿠르반 각하가 웃음을 터뜨렸고, 나는 그의 손목을 잡아끌었소. 그런데…… 그의 운명은 바로 그 순간에 방향을 틀어 버렸소. 내 겨드랑이를 스쳐간 총알이 그의 가슴을 꿰뚫은 것이오. 나는 우뚝 솟은 두 개의 커다란 바위 뒤편으로 그를 끌고 갔소. 쿠르반 각하…… 아, 나의 쿠르반 각하! 집 뒤편의 계곡과 언덕으로부터 백 명도 넘는 보어인들이 몰려들고 있었고, 시칸데르 칸이 말했소. "지금의 저 광경이, 우리가 지난밤에 보았던 신호가 무엇을 뜻하는지 보여 주는군요. 제게 소총을 주세요." 그는 쿠르반 각하의 총을 잡고는 배를 깔고 납작하게 엎드렸소. 하지만 쿠르반 각하가 돌아보며 말했소. "가만히 있으라. 이건 각하들의 전쟁이야." 그러고는 손을 들어 보였소. 그의 두 눈이 나를 뚫어지게 바라보며 흔들리고 있었다오. 나는 그에게 마지막 한 모금이 될 물을 주었소. 그 물을 마시는 순간 그의 영혼은 숙명을 받아들였소.

결국 그렇게 우리의 싸움이 되고 말았소. 우리 둘로 무트들은 산마루의 북쪽에서 남쪽까지 걸쳐 있었는데, 남쪽에 우리의 본대가 있었소. 보어인들은 계곡의 동쪽에서 서쪽까지 포진해 있었소. 그들의 숫자는 백 명이 넘고 우리는 겨우 열 명에 불과했지만 남쪽 산마루를 따라 재빨리 이동하며 보어인들을 계곡에다 묶어 둘 수 있었소. 은폐물 밖으로 나와 있던 세 명의 보어인이 갑자기 몸을 숨기더니, 우리가 숨어 있는 바위를 향해 맹렬하게 총을 쏘았소. 하지만 우리는 발각되지 않고 멀리 이동할 수 있었소. 계속 남쪽으로 갔소. 전투의 소음들이 물러났을 때, 우리는 커다란 대포 소리들을 들었소. 대포는 깜깜한 어둠 속으로 떨어져 내렸소. 시칸데르 칸이 바위들 틈에서 깊고 오래된 굴을 발견했소. 우리는 거기다 쿠르반 각하의 몸을 똑바로 밀어 넣었소. 시칸데르 칸이 각하의 망원경을 집어 들었고, 내가 그의 손수건과 몇 통의 편지, 그리고 그의 목걸이를 벗겨 냈소. 시칸데르 칸은 내가 손수건으로 그 물건들을 모두 싸고 있는 걸 지켜보았소. 그런 다음 우리는 쿠르반 각하의 시신을 가만히 뉘인 뒤 명복을 빌었소. 시칸데르 칸은 동이 틀 때까지 울었소. 마호메트의 후예인, 파탄족인 그 사람이! 그 밤이 다 가도록 우리는 남쪽에서 들려오는 총소리를 들었소. 새벽이 찾아왔을 때 계곡은 마차와 말을 탄 보어인들로 가득 차 있었소. 그들이 집 가에 모여 있는 것을 쿠르반 각하의 망원경으로 볼 수가 있었소. 노인은 성직자인 양 그들에게 축복을 내리고는 성스러운 전쟁에 관해 설교를 하는 듯 팔을 휘젓고 있었소. 뚱뚱한 여자는 커피를 나르고 있었고, 백치 같은 남자는 사람들 사이를 깡충깡충 뛰어다니며 말들에게 키스를 퍼부었소. 보어인들은 곧바로 그곳을 떠났소. 그들이 언덕을 넘어가자 아무도 보이지 않았소. 흑인 노예 하나가 나타나 문지방을 닦고 있었소. 망원경을 들여다보던 시칸데르 칸은 그 얼룩이 피라는 것을 알고는 웃음을 터뜨리며 말했소. "부상자들이 저 집에 있을 겁니다. 복수할 절호의 기회예요."

정오 무렵, 우리는 남쪽으로 가늘고 높다랗게 한 줄기 연기가 솟아오르는 것을 보았소. 마치 집이 타면서 나는 연기 같았소. 언덕을 가로지르는 법을 알고 있던 시칸데르 칸이 말했소. "마침내 신호를 보냈던 그 호박 장수의 집을 우리 편이 불태워 버렸군요." 그러자 내가 말했소. "그들이 나의 아이를 죽일 필요가 있었을까? 명복을 빌어야겠어." 연기는 높다랗게 솟아올랐고, 그걸 살펴보기 위해 베란다 밖으로 나온 노인이 굳게 팔짱을 낀 채로 고개를 끄덕거리고 있었소. 우리는 저녁이 올 때까지 물 한 모금 마시지 않고 자리를 지키고 있었소. 임무를 완수할 때까지 아무것도 먹지도 마시지도 말자고 맹세했기 때문이었소. 내게는 소량의 아편이 남아 있었는데, 그 반을 시칸데르 칸에게 주었소. 그도 쿠르반 각하를 사랑했기 때문이었소. 어둠이 완전히 덮였을 때 우리는 부드러운 바위에 군도의 날을 갈았소. 물을 부어가며 문지르자 칼은 날카롭게 벼려졌소. 그러고는 군화를 벗어 들고 몸을 낮춰 그 집으로 내려갔소. 노인은 앉아서 책을 읽고 있었고, 뚱뚱한 여자는 난롯가에 앉아 있었소. 백치 같은 사내는 여자의 무릎을 베고 마룻바닥에 누운 채 손가락을 꼽으며 키득키득 웃고 있었소. 여자도 따라 웃었소. 그 장면을 보자 그들이 모자지간이란 걸 알 수 있었고, 나 역시 웃음을 머금을 수밖에 없었소. 그들이 가족일 거라고 한 시칸데르 칸의 말을 믿지 않았던 내가 우스워서. 이윽고 우리는 군도를 뽑아 들고 안으로 들어갔는데…… 어이없게도 이 보어인들은 우리가 칼을 들고 있는 걸 보지 못했는지 노인이 구석에 놓인 소총을 향해 달려갔소. 시칸데르 칸이 군도의 납작한 옆면으로 그에게 일격을 가했고, 벌러덩 나가떨어진 노인이 손을 번쩍 들어 올렸소. 나는 조용하라는 뜻으로 입술에 손가락을 올렸지만 여자는 비명을 질렀고, 그때 안쪽 방에서 누군가가 움직였소. 문을 열어 보니 머리에 부상을 입고 누더기를 걸친 한 남자가 멍청하게 총을 더듬고 서 있었고, 시칸데르 칸이 그걸 보고 그를 칼로 찔렀소. 마룻바닥에 널브러진 그 사람의 몸뚱어리를 보고 나서야 모두 잠잠해졌소. 나는 시칸데르 칸에게 말했소. "밧줄을 가져와! 쿠르반 각하를 위해서라도 내 칼을 더럽히고 싶지 않구나." 밧줄을 찾으러 나갔다가 세 개의 기다란 가죽 끈을 들고 돌아온 그가 말했소. "안에 네 명의 부상자가 더 있어요. 두말할 것 없이 장군의 허가증을 갖고 있겠죠." 그러고는 밧줄을 펼치며 웃어 댔소. 나는 노인의 손을 등 뒤로 돌려서 결박했소. 그러곤 마지못해 백치의 손도 묶었소. 아니나 다를까, 내 얼굴을 보며 웃어 대는 그 녀석의 손가락이 내 수염을 만졌소. 그러고 있는데 돼지처럼 찢어진 눈과 늘어진 턱을 가진 여자가 달려들었고, 시칸데르 칸이 내게 물었소. "두들겨 패버릴까요, 묶어 버릴까요? 분부를 내리십시오." 내가 말했소. "기다려! 내가 그 여자를 묶어 매달 것이니 문을 열어라." 나는 가시나무들이 어둡게 그늘을 드리우고 있는 베란다로 두 사람을 몰아넣고는, 그녀를 땅바닥에 눕혔소. 내가 군홧발로 걸어차자 그녀는 비명을 질러 댔소. 시칸데르 칸이 등불을 들고 왔고, 난 그들을 매달 가지를 찾았소. 하지만 여자가 소리를 꽥꽥 지르며 나를 가로막더니, 뭐라고 빠르게 내뱉었소. 내가 우리말로 대답했소. "나는 오늘 밤 너희들의 배신으로 인해 자식을 잃은 사람이다. 나의 아이는 남자들에게 칭송을 받았으며, 여인들로부터 사랑을 받았다. 그는 사람으로 살았고, 짐승으로 행동하지 않았다. 그대들은 나보다 더 오랜 세월을 살았을지 모르나, 나의 슬픔은 그대들의 것보다 더 크다."

나는 허리를 굽혀 백치의 목에 밧줄을 걸고는 가지 너머로 밧줄의 한쪽 끝을 던졌소. 시칸데르 칸이 어미인 여자가 그 광경을 잘 볼 수 있도록 등불을 들어 올렸을 때였소. 갑자기, 등불 너머로 쿠르반 각하의 유령이 나타났소. 총알이 박힌 옆구리로부터 한 손을 들어 올리면서. 그러고는 다른 한 손을 뻗으며 몸을 숙이며 말했소. "이러면 안 됩니다. 이 전쟁은 각하들의 전쟁입니다." 내가 말했소. "잠깐만 기다려라, 아이야. 그러면 너는 고이 잠이 들 것이다." 하지만 그는 내게 더 가까이로 다가왔고, 마치 내 눈 위에 올라앉은 것 같았소. 그러고는 다시 말했소. "안 됩니다. 이 전쟁은 각하들의 전쟁입니다." 그때 시칸데르 칸이 말했소. "밧줄이 너무 무거운가요?" 그러고는 램프를 내리고는 내게로 다가왔소. 시칸데르 칸이 내게서 밧줄을 가져갔을 때, 쿠르반 각하의 영혼이 우리들 팔 사이로 끼어들며 일어섰소. 그의 얼굴은 분노로 이글거리고 있었고, 세 번째로 말했소. "안 됩니다, 이 전쟁은 각하들의 전쟁입니다." 작은 바람이 일더니 등불이 꺼져 버렸소. 나는 어둠 속에서 시칸데르 칸의 이빨이 딱딱 부딪는 소리를 들었소.

우리는 밧줄을 든 채로 하염없이, 나란히 서 있었소. 어떤 말도 할 수 없었소. 그때 시칸데르 칸이 수통을 따서 물을 마시는 소리가 들렸소. 갈증을 달래고 난 그가 내게 수통을 건네며 말했소. "이제 우리의 맹세는 소용없습니다." 나도 물을 마셨소. 그러고는 함께 그렇게 선 채로 새벽이 오기를 기다렸소. 여전히 우리들 손에는 밧줄이 쥐어져 있었소. 새벽닭이 세 번을 울고 난 뒤, 아주 먼 곳에서 말발굽 소리와 대포를 끄는 바퀴 소리가 들려왔소. 빛이 번쩍이는가 싶더니 대포 한 방이 집의 입구를 박살내 버렸고, 초가로 뒤덮여 있던 지붕이 창문 앞으로 섬광을 일으키며 떨어져 내렸소. 내가 말했소. "안에 부상을 당한 보어인이 있다고 했지?" 시칸데르 칸이 대답했소. "우린 명령을 들었습니다. 이건 각하들의 전쟁입니다. 가만히 계세요." 그때 두 번째 포탄이 날아들었소. 멋진 곡선을 그렸지만, 짧았던 모양인지 우리가 서 있던 앞에다 흙먼지만 날렸소. 그러곤 마치 말더듬이가 말을 더듬듯 일정한 간격으로 열 개의 포탄이 연속적으로 날아들었소. 그건 각하들이 말하는 자동 고사포였다오. 그 집의 앞쪽이, 뭐라고 우물거리는 노인의 코와 뺨처럼 푹 꺼지더니 완전히 내려앉았소. 그때 시칸데르 칸이 말했소. "부상자들이 그냥 화염 속에서 죽을 운명이라면, 제가 그걸 막을 순 없겠지요." 그러고는 집 뒤편으로 재빨리 돌아갔소. 잠시 뒤 네 명의 부상자들이 그의 뒤를 따라 나타났소. 그들 중 둘은 똑바로 걸을 수도 없었다오. 내가 물었소. "어떻게 된 건가?" 그가 대답했소. "저는 저 사람들에게 말을 하지도, 손짓을 하지도 않았어요. 그들이 그냥 자비의 희망을 따라온 것뿐입니다." 네 명의 남자와 백치, 그리고 가시나무 아래 드러누운 뚱뚱한 여자는 꼼짝하지 못한 채 성난 듯 타오르는 집을 바라다봤소. 그때 지붕으로부터 귀에 익은 탄약 소리가 들리기 시작했소. 처음에는 한두 발에 불과했는데, 마침내 요란한 소리를 내며 한꺼번에 터지기 시작하더니 초가지붕을 이리저리 날려 버렸소. 가시나무들을 오그라들게 할 정도로 뜨거운 열기와 무시로 날아드는 나무와 벽돌을 못 이긴 포로들이, 옆으로 기어 나오고 있었소. 그 모양을 보고 내가 소리를 질렀소. "맞서 싸우시오! 싸우라고! 당신들 또한 각하들이오. 이건 각하들의 전쟁이지 않소? 오, 각하들이여. 당신들은 이 전쟁으로부터 떠날 수 없다는 명령을 받지 않았소!" 그들은 내 말을 알아듣지 못했고, 그리하여 맞서 싸우지 않았고 살아남았소.

이윽고 쿠르반 각하가 임시로 관할하던 부대의 기병 다섯이 말에서 내렸소. 그중 내가 알고 있던 한 사람이 이제 말과 함께 콜카타로 돌아가게 될 거라고 말해 주었소. 나는 그에게 그간의 일들을, 각하의 성품이 잘 드러나도록 시장에서 쓰는 말로 전해 주었소. 그리고 얘기 끝에 말했소. "그분의 혼령이 우리에게 명령을 전달했소. 그건 바로, 이 전쟁은 각하들의 전쟁이라는 것이었소. 그분의 혼령을 받들어, 나를 아이 없는 사람으로 만들어 버린 이 보어인 각하들을 당신네 각하들의 심판대로 넘기겠소." 그러고 나서 나는 그에게 밧줄을 넘기고는 뭔가 치밀어 오르는 것을 느끼며 맥없이 쓰러지고 말았소. 약간의 아편을 제외하고 배 속에 넣은 게 아무것도 없었기 때문이오.

그들은 나를 부상병 하나와 함께 마차에 실었소. 잠시 뒤 나는 그들이 이틀 밤낮 동안 보어인들과 전투를 치렀다는 걸 알게 되었소. 둘로 무트들은 엄청나게 화가 나 있었소. 그들이 그렇게 화를 내는 건 처음 보았소. 그들은 격전이 벌어졌던 집이 굽어보이는 산마루에서 정중히 의식을 치르고는 나의 쿠르반 각하를 매장했소. 나는 그들과 함께 정중하게 기도했고, 시칸데르 칸은 자신의 예법대로 기도를 올렸소. 신호용 양초 다섯 개마다 붙은 세 개의 심지가 마치 '금요일 성자'의 무덤처럼 쿠르반 각하의 무덤을 환하게 밝혔소. 시칸데르 칸은 온밤을 비탄에 빠져 울었고, 나도 그의 옆에서 울었소. 그는 내 발을 부여잡고는 내게 쿠르반 각하와의 추억을 말해 달라고 했소. 나는 쿠르반 각하의 손수건들을 그와 나누어 가졌소. 하지만 비단으로 된 손수건만은 그에게 주지 않았는데, 그건 어떤 여인이 쿠르반 각하에게 준 것이기 때문이었소. 나는 또 그에게 쿠르반 각하의 코트 단추와 그가 열쇠고리로 사용했던, 그다지 값이 나갈 것 같지 않은 조그만 쇠 반지를 주었소. 그는 그것들에 일일이 키스를 하고는 품에다 넣었소. 나머지 것들은 저 조그만 꾸러미 안에 들어 있을 거요. 난 저것들을 펀자브의 시알코테에 계시는 나의 연대장 각하에게 가져다주어야 하오. 나의 아이가 죽었기 때문에…… 나의 아이가 죽었기 때문에! 나는 다시 인도로 돌아가기로 했소. 그 아이가 죽었으니 더 이상 여기 머물 이유가 없었소. 그래서 기차를 타러 떠나기 전에 어느덧 친구가 되어 버린 시칸데르 칸에게 인사를 하러 갔소. 그는 내게 말을 한 마리 주었고, 나는 그 말을 타고 둘로 무트들과 함께 이곳저곳을 다녔소. 신들은 그들 둘로 무트들이 나를 뭐라고 불렀는지 알고 있소. 전령, 메신저, 요리사, 청소부 등등으로 불렀소. 하지만 나는 신경 쓰지 않았소. 한 달이 지난 뒤, 우리는 빙 둘러 쿠르반 각하가 묻힌 계곡으로 돌아왔소. 나는 무덤으로 올라갔소. 우리가 남겨 두고 간 둘로 무트들 중 한 영리한 각하가 (우리는 증명서를 가진 그 사람들을 교육시키기 위해 일주일 동안 그곳에 기병대원 한 사람을 남겨 놓았었소) 거대한 바위에 글씨를 파놓았더군요. 나와 함께 무덤에 오른 둘로 무트들이 그 글을 해석해 주었는데, 쿠르반 각하가 들었다면 꽤나 재밌어했을 농담이었다오. 그것을 그대로 옮기며 그것이 왜 농담인지를 설명해 드리겠소. 두 개의 아주 멋진 농담이오.

제141 펀자브 기병대 대위

고 월터 데시스 콜빈❖을 추모하며

141기병대란 건, 구르가온 기병대를 말하는 것이라오. 계속
하겠소.

세 번이나 중립을 맹세했던

신의 사자

고 헨드릭 더크 에이스❖❖와

그의 아들 피에트의 방조로

이 부근에서 불의의 총격을 받다.

이 하찮은 과업은,

아! 이것이 첫 번째 농담이라오. 하찮은 과업이라니!

그를 사랑한 어떤 이들에 의해

완전하게 수행되지 못했으며

그들의 손실 또한 충분히 인식되지 못했다.

이 묘비를 읽은 이여, 그를 알려면 주위를 둘러보라.

....

❖ 화자가 쿠르반 각하라고 부른 기병대 대위.
❖❖ 쿠르반 각하의 목숨을 앗아간 문제의 그 집에 살던 노인을 가리킨다.

✝ 어느 각하의 전쟁 ✝

이것이 두 번째 농담이지요. 이 말은 쿠르반 각하를 제대로 추억하려면 그 집을 찾아야 한다는 것을 의미하지만, 대체 무엇을 둘러볼 수 있단 말이오? 그 집은 이제 흔적도 없는데. 우물도, 그들이 댐이라고 불렀던 커다란 수조도 남아 있지 않소. 조그만 과일나무들도, 가축들도, 그 어떤 것도 없소. 단지 불에 타버린 두 그루의 나무만 덩그러니 놓여 있을 뿐이라오. 그곳은 사막과도 같소. 내 손에도, 내 마음에도 남은 건 아무것도 없소이다. 텅 비어 버렸단 말이오, 모든 게 다!

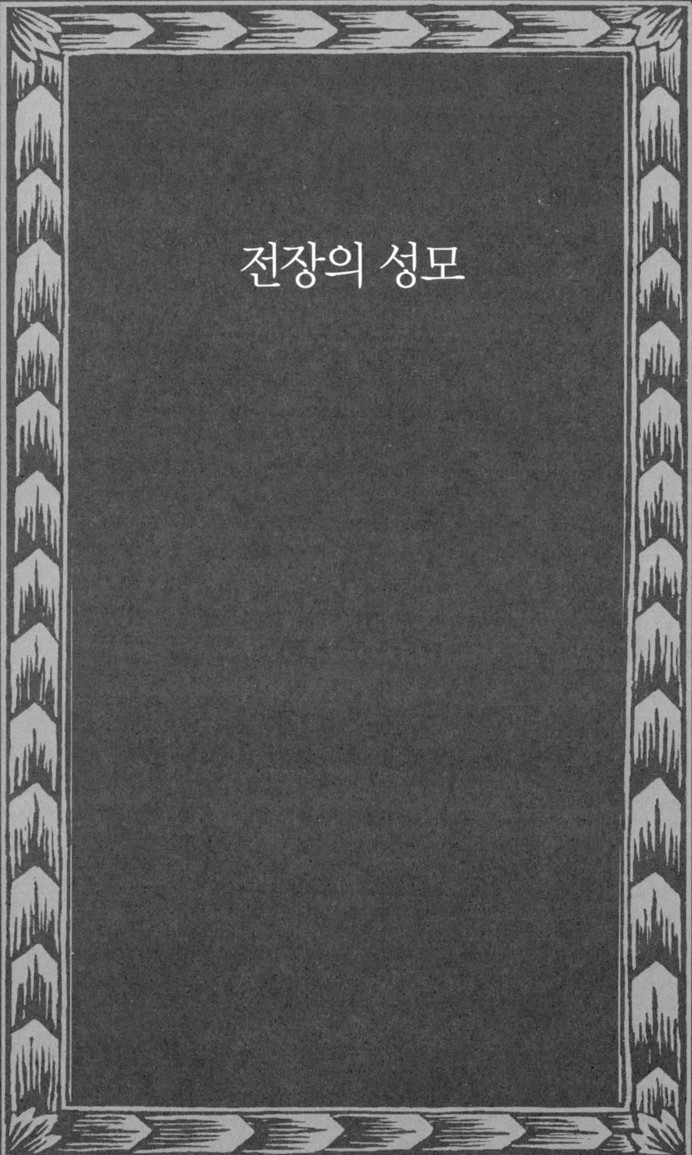

전장의 성모

가슴에 저 하늘의 신들이 깃든,
인간에게서 난 지극한 한 사람에게
무엇이든 말하지 못하겠는가.
신들은 그에게 보여 주었나니 진실로, 거듭하여,
무한한 자비와 영원한 사랑을.

    ＊   ＊   ＊

오, 달콤한 나의 사랑, 내 삶의 빛
그대여, 세월이 우리를 갈라놓을지라도
희망을 잃고, 멀리 헤어진다 하여도
신들은 언제나 우리와 함께 하느니.
— 스윈번, 〈익사〉

전쟁❖이 끝난 후 해마다 너무나도 많은 불안정한 전역 군인들이 프리메이슨 로지(런던 동부 중앙 우편구 5837호 '신뢰와 업무'

❖ 제1차 세계대전을 가리킴.

의 부속 건물)에서 열리는 설명회를 찾았다.✤ 거기서 오래전 동료들과 마주치면 그들은 아직도 생생하게 기억하는 과거 속으로 빠져들었는데, 그럼에도 불구하고 그들은 큰 곤란을 느끼지 않았다. 하지만 우리 쪽에서는 집회가 열릴 때면 메기수염의 의사 키드 박사를 대기시켰다. 회원들이 갑작스럽게 히스테리를 일으킬 경우를 대비해서였다. 프리메이슨 재단에 잘 알려져 있지 않거나 보증하기 힘든 사람이 집회에 참석해 이상한 징후를 보일 때면, 나는 그 인물에 관한 자료를 키드 박사에게 넘기곤 했다. 그는 전쟁 막바지 2년 동안 남부 런던 대대에서 의무관으로 근무한 적이 있어서, 집회에서 옛 동료들과 종종 해후하기도 했다.

남부 런던 소속 신입회원인 젊고 키가 훤칠한 C. 스트랭윅 형제도 키드 박사의 옛 동료 중 하나였다. 그가 작성한 서류와 답변지 상으로는 병증을 의심할 만한 구석이 없었지만, 핏발이 서린 혼란스러운 눈빛은 신경증의 기미를 드러내고 있었다. 내가 그를 특별히 키드에게 소개한 것도 그 때문이었다. 키드 박사는 스트랭윅이 자신이 근무했던 대대 본부의 전령이었다는 사실을 알고는, 그가 심신허약증으로부터 벗어나 무사히 제대한 것

<hr>

✤ 프리메이슨(세계 동포주의, 인도주의, 개인주의, 합리주의, 자유주의 이념을 바탕으로 한 세계적인 민간단체. 1717년에 런던에서 결성하였으며 계몽주의 정신을 기조로 한다. 기독교 박애주의에 입각해 있지만 정작 기독교로부터 이단적 단체로 지목되었다)의 집회 장소를 '로지Lodge'라고 하는데, 각 로지를 순회하면서 신입회원을 위한 설명회가 열렸다.

을 축하하며 곧장 솜 강❖ 전장의 추억으로 빠져들었다.

"내가 제대로 본 건가, 키드?" 집회가 끝나자 나는 예복을 갖춰 입으며 말했다.

"제대로 봤네. 그 친구도 나를 기억하고 있더군. 1918년 상푸에서 그 친구가 몹시 힘들었을 때 내가 보살펴 줬었네. 그 친군 전령이었지."

"정신적인 충격이었나?" 내가 물었다.

"비슷한 거긴 한데…… 그 친군 내가 그렇게 생각하지 않기를 바랐지. 물론 그 친구가 일부러 감추려고 했던 건 아니었는데, 뭔가 극단적으로 보였네. 그 때문에 더 헷갈렸지……. 환자들이 사실을 그대로 털어놓기만 한다면야 치료가 얼마나 쉽겠나."

집회가 끝난 뒤, 키드는 스트랭웍에게 '솔로몬 왕국으로 들어가기'라는 설교를 들으라며 두 줄로 나란히 놓인 의자에 그를 앉혔다. 그 설교는 '연회'라고 부르는, 차 마시는 시간에 진행하는 막간 연설이었다. 따분한 설교에는 담배가 약이었다. 연회가 반쯤 지났을 때, 스트랭웍은 한동안 안절부절못하다가 격자무늬 타일 바닥을 의자로 요란하게 긁으며 자리에서 일어나더니 "이모님! 더 이상 견딜 수가 없어요!" 하고 날카롭게 소리를 질렀

❖ 프랑스 북부에서 영국 해협으로 들어가는 강으로, 제1차 세계대전 격전지였다.

† 전장의 성모 †

다. 그의 목소리는 사정을 모르는 사람들의 웃음소리에 묻혀 버렸고, 그는 우리가 앉은 곳을 지나 비틀거리며 문 쪽으로 걸어갔다.

"생각대로군!" 키드가 내게 낮게 속삭였다. "따라오게!" 우리는 복도에서 그를 따라잡았다. 스트랭윅은 손을 뒤틀며 신경질적으로 웃어 댔다. 키드는 그를 '타일러의 방'으로 데리고 가서는 문을 잠갔다. 온갖 자질구레한 표장標章과 가구들이 널린 조그만 사무실이었다.

"전…… 전 괜찮습니다." 청년이 애처롭게 입을 열었다.

"물론이지." 키드는 조그만 찬장을 열어 눈금이 새겨진 유리잔에 탄산암모늄을 넣고는 물을 부었다. 그것을 스트랭윅에게 마시게 한 뒤 오래된 소파가 있는 곳으로 그의 등을 부드럽게 밀었다. 그러고는 이야기를 시작했다. "뭐 특별한 얘길 하려는 건 아닐세. 난 자네가 몹시 안 좋아졌다는 생각이 드는데, 예전으로 돌아가서 이야길 한번 나눠 보고 싶군."

키드는 의자를 등에 바짝 밀착시키고는, 환자의 두 손을 잡았다. 의자가 삐걱댔다.

"이러지 마세요!" 스트랭윅이 새된 소리를 질렀다. "견딜 수가 없다구요! 저 사람들처럼 재잘대는 건 딱 질색이라구요! 입을 닥치게 하려면, 삽으로 등짝을 후려쳐야 한다구요! 참호 깔개 아래 처박혀 있던 프랑스 놈들의 그 조그만 군화, 기억나세요? 이

제 어떻게 하죠? 전 뭘 해야 하나요?"

그때 누군가 문을 두드리는 소리가 들려왔다. 별일 없는지 알아보려는 것 같았다.

"아, 괜찮아요, 고마워요!" 키드가 스트랭윅의 어깨에 손을 얹고는 문 쪽을 바라보며 말했다. "근데 당분간은 방을 좀 써야겠어요. 커튼 좀 쳐주실래요?"

집회실에서 연회실까지 복도 기둥을 따라 걸쇠로 연결되어 있는 휘장에 매달린 방울들이 딸랑거리는 소리가 들렸다. 뒤이어 주절거리는 말소리와 발자국 소리가 사라졌다.

힘없이 헛구역질을 해대던 스트랭윅은, 얼어붙은 땅 밑에서 죽은 사람이 삐걱거리고 있다고 호소했다.

"여전히 고통을 당하고 있군." 키드가 내게 속삭였다. "하지만 저건 그의 진짜 고통이 아닐세……. 전에도 꼭 저랬지."

"하지만 무척 괴로워 보이는군." 내가 대답했다. "마음의 병이야말로 심각한 고통이지. 지난 10월에 있었던 일을 생각해 봐도……."

"부정하고 싶진 않지만, 이 친군 뭔가 달라. 진정으로 이 친구를 괴롭히는 게 뭔지 나도 궁금하네……." 키드가 단도직입적으로 스트랭윅에게 물었다. "그래, 자네를 괴롭히는 건 뭔가?"

"프랑스군 경계, 푸줏간 거리……." 스트랭윅이 혼잣말처럼 우물거렸다.

“정말로 거기 그런 게 있었지. 매번 저 친구를 달래 주기보다는, 맞대결을 하는 게 어떨까 싶어.” 키드가 내게로 고개를 돌리고는 그의 말을 잘 듣고 실마리를 찾아보라는 뜻을 눈짓으로 전했다.

“프랑스군 경계가 뭐 잘못되기라도 했다는 건가?” 앞뒤 재지 않고 내가 물었다.

그러자 키드가 대답했다. “우리가 프랑스군으로부터 넘겨받은 상푸에는 문제가 좀 있었다네. 프랑스 병사들은 잘 견디고 있었지만, 프랑스인다운 부드러움은 찾아볼 수 없었지. 하기야 그 끔찍한 진흙 구덩이에서 그런 걸 바란다는 게 말이 안 되는 일인지도 모르지. 참호란 참호는 죄다 녹아내려서 보리죽처럼 질척거렸으니까. 우리 병사들도 어디나 비슷한 상황이었지만 말이야. 그런데 프랑스군 경계에 있던 푸줏간 거리는…… 음, 뭐랄까…… 그중에서도 대표적인 곳이었지. 우리가 그때 막 그곳을 독일 놈들로부터 탈환을 해서 그나마 다행이었는데…… 그래서 11월 이후엔 그 푸줏간 거리를 사용할 필요가 없었지. 자네도 기억하지, 스트랭웍?”

“그럼요! 사륜 짐마차의 널조각까지 떼어다가 발밑에 깔아야 했죠. 삐걱대는 소리가 얼마나 요란했던지.”

“어쩔 수 없었잖나. 그게 딱 좋았으니까. 얼마간 신경이 쓰이긴 했지만…….” 키드가 말했다.

“고작 신경이 쓰였다고요? 죽을 맛이었죠! 정말 끔찍했다구요!” 스트랭윅이 침을 꿀꺽 삼켰다.

“아무리 끔찍하고 죽을 맛이었다고 해도 자네 같은 나이면 1, 2년이면 말끔히 잊어버릴 걸세. 자네한테 진정제를 좀 줄 테니까, 지켜보자구. 괜찮겠지?”

키드는 약장을 다시 열어 짙은 빛깔의 약 일회용 분을 유리잔에다 조심스럽게 떨어뜨렸는데, 탄산암모늄은 아니었다. “몇 분 후면 진정이 될 걸세. 그대로 앉아 있게나. 기분이 좋아질 때까진 아무 얘기도 하지 말게.”

그는 손가락으로 수염을 꼬면서 나를 바라보았다.

그러다가 그가 불쑥 말했다. “그래, 저 친구 말대로 푸줏간 거리는 끔찍했다네. 여기 스트랭윅을 보고 있으니, 다시 그곳으로 돌아가는 것 같군. 흥미로운 일이긴 해! 제2소대에 하사관이 하나 있었는데…… 제기랄, 이름이 뭐였더라? 나이 지긋한 사람이었는데. 그 나이에 전선으로 왔으니 애국자임에는 틀림없었을 거야. 그 사람, 일급 분대장이었지. 실수와는 거리가 멀 것 같은 사람이었는데, 1918년 1월에 2주 동안 휴가를 받았었지. 스트랭윅, 자넨 그때 대대 본부 소속이었지?”

“예, 전령이었습니다. 그리고 그날은 1월 21일이었습니다.” 스트랭윅이 굵직한 목소리로 말했다. 그의 눈은 몹시 충혈되어 있었다. 약효가 돌고 있는 듯했다.

“그날 일인데,” 키드가 입을 뗐다. “그 하사관이 어두워진 뒤에 참호로 이어진 정규 통로를 이용하지 않고 특무 대대로 연결된 길을 따라서 애러스 행 협궤열차를 타려고 생각하면서, 몸을 좀 녹일 요량이었나 봐. 그래서 푸줏간 거리에 있는, 예전에 프랑스군 야전 응급실로 사용되던 대피호로 들어가서는 강참숯이 타고 있는 두 개의 난로 사이에 꼼짝 않고 틀어박혔단 말이야. 그런데 운도 없지. 그 대피호는 문이 안쪽에서만 열리는 유일한 대피호였지. 내 생각엔 프랑스군이 독가스 방지용으로 설치한 곳이었던 것 같아. 어쨌든 그 사람이 몸을 녹이고 있는 동안에 문이 저절로 닫혀 버렸던 게 분명해. 그러니 안에서 무슨 일이 일어났는지 우리는 알 수 없었지. 휴가병을 싣고 갈 기차가 들어오는데 그 사람의 모습이 보이지 않아 즉시 수색이 시작되었지. 분대장을 잃을 순 없었으니까. 그를 발견한 건 아침이 되어서였는데 가스에 완전히 질식된 상태였지. 기관총 사수가 그 친구를 발견했던 것 같은데, 그렇지 않나, 스트랭윅?”

“아닙니다, 선생님. 그랜트 하사였습니다. 박격포 사수였죠.”

“아, 그렇군. 맞아, 그랜트……. 목에 조그만 낭종을 가진 친구였지. 자네 기억력엔 전혀 이상이 없군. 근데, 그 하사관의 이름이 뭐였더라?”

“고드소…… 존 고드소.” 스트랭윅이 대답했다.

“맞아, 고드소, 바로 그 이름이야. 다음 날 아침 난 화로 두

개 사이에 꽁꽁 얼어붙어 있는 그 친구를 보러 가야 했지. 그 친구의 사인을 밝혀낼 만한 일기장 한 쪽 없는 상태였지만 말이야. 결국엔 그저 우연히 일어난 사고라는 게 내가 내릴 수 있는 유일한 판단이었다네."

긴장이 풀어진 스트랭윅은 곧장 전령실에서 근무하던 당시로 돌아갔다.

"제가 선생님께…… 당시의 사건에 대한 증거를 하나 드리죠. 그분은 참호 받침대를 타고 넘어갔습니다. 저를 지나칠 때였는데, 제가 그분에게 덧판을 조심하라고 했죠. 그분은 평소처럼 앵무새 참호를 통과하고는, 폭격을 맞은 오래된 바리케이드가 있던 프랑스군 경계 쪽으로 방향을 바꾸었던 게 틀림없습니다."

"그렇군. 나도 이제야 기억이 나는구먼. 결국 자넨 살아 있던 그를 본 최후의 증인인 셈이군. 1월 21일이라고 했었지? 그래, 그날 디어러브와 브릴링스가 자네를 나한테 데리고 왔었지. 기억나나?" 키드는 탐정 잡지에 나오는 사립탐정처럼 스트랭윅의 어깨에 손을 올려놓았다. 청년은 어두운 표정으로 그를 바라보며 중얼거리듯 말했다. "1월 24일 저녁에 제가 선생님께 자백을 하러 갔었죠. 하지만 선생님은 제가 그분을 그렇게 만들었다고는 생각하지 않으셨죠."

키드의 얼굴에 당황하는 빛이 어렸다. 그것을 보고 나는 왠지 웃음을 참을 수가 없었다. 하지만 그는 곧 마음을 진정시켰다.

"솔직히, 그날 저녁 자네의 심정을 이해하기 힘들었다네. 그래서 내가 주사를 놔주었는데, 대체 어떻게 된 건가?"

"그건…… 물론 푸줏간 거리에서 있었던 일들 때문이었습니다. 그것들이 저를 옴짝달싹하지 못하게 했죠. 선생님께선 지금 같은 표정으로 절 보셨죠."

"난 자네의 말이 사실이 아니란 걸 알고 있었다네. 자넨 지금도 그렇지만 그때도 제대로 마음을 열지 않았어. 분명히 뭔가를 숨기고 있었지."

"역시 박사님께선 알고 계셨군요." 스트랭윅은 울먹이기 시작했다.

"자네가 내게 했던 말 기억나나? 디어러브와 브릴링스가 자넬 데려다 주고 떠났던 그날 저녁에 했던 말을."

"푸줏간 거리에서 있었던 일들에 관해 말했었죠."

"그뿐이 아니야! 자넨 나한테 아주 많은 것들을 아주 상세하게 털어놨고, 시체들이 삐걱댄다고 했지. 하지만 한창 얘기를 하던 중에 자넨 자제력을 잃어버렸지……. 자네가 나한테 전보를 건네줬을 때였어. 대체 무슨 뜻이었나? 죽은 자가 일어나지 않는다면 장교라는 야수들과 싸워서 무슨 이득이 있겠냐고 물었더랬지."

"제가 '장교라는 야수들'이라고 했단 말입니까?"

"그랬지. 장례식 도중에도 그랬었지."

“제 생각엔, 그 장례식 때 그 노랫소리가 들려왔던 것 같습니다. 아니, 분명히 들었습니다.” 스트랭윅은 몸을 떨어 댔다.

“알았네, 진정하게. 내가 제지할 때까지 찬송가를 불러 댔었지. 〈자비와 사랑〉이었던 것 같은데. 그 노랫말, 기억나나?”

“해보도록 하죠.” 청년은 유순하게 대답하고는 무척 친근한 목소리로 그 노랫말을 읊조리기 시작했다. “무엇이든 주님께 온 맘으로 간구하면, 진실로, 내가 그대에게 말하노니…… 하느님은 그에게 보여 주시네. 다시금, 다시금, 놀라운 자비와…… 또 다른 사랑을.” 그의 눈이 혼란스럽게 흔들리고 있었다.

“그 노래가 어디서 들려왔다는 건가?” 키드가 재촉하듯 말했다.

“고드소 씨가 1월 21일에 그 노래를 불렀죠. 바로 그 소리였습니다. 도대체 그날 그분이 무얼 하려 했는지 제가 어떻게 알 수 있었겠습니까?” 그는 비정상적으로 높은 목소리로 고함을 질러 댔다. “이모가 죽었다는 건 또 대체 어떻게 알 수 있었겠습니까?”

“누가 죽었다고?” 키드가 물었다.

“저의 이모 말입니다, 아민 이모.”

“자네한테 온 전보에 적혀 있던 그분이군. 자넨 내게 설명하고 싶어 했지…… 전보 얘기를 하면서 갑자기 미친 듯이 ‘오, 이모님!’ 하더니, 내가 멱살을 쥐며 진정시키려 하자 ‘오, 하느님’ 하고 소리를 질러 댔지.”

“바로 그 이모 때문이에요! 선생님, 저로선 어쩔 수 없었습니다. 화로 때문에 잘못되었다는 걸 전 몰랐다구요. 제가 어떻게 알 수 있었겠습니까? 우리가 늘 사용하던 게 그거였는데요. 신께 맹세컨대, 저는 그분이 기차에 타기 전에 몸을 좀 녹이려 한다고 생각했을 뿐이었습니다. 전…… 이제부터는 존 아저씨가 집안을 돌봐야 한다는 말이 무슨 뜻인지 몰랐다고요.” 그는 음산하게 웃으며 마른 눈물을 닦아 냈다.

키드는 그의 눈물과 훌쩍거림이 멎기를 기다리며 물었다. “무슨 얘긴가? 고드소가 자네 이모부였나?”

“아닙니다.” 스트랭윅이 두 손으로 얼굴을 감싸 쥐며 말했다. “우린 그냥, 그냥 나면서부터 알고 지낸 사이였어요. 아버지께서 전부터 그분과 알고 지내셨습니다. 그분은 우리와 가까운 곳에 살고 있었죠. 그분과 저의 아버지, 어머니, 그리고 나머지 식구들도 다들 친하게 지냈습니다. 그래서 우린 그분을 그냥 아저씨라고 불렀어요.”

“그는 어떤 사람이었나?”

“정말 좋은 분이었습니다, 선생님. 굳이 일을 하지 않아도 될 정도의 연금을 받는 하사관이셨고…… 아주 똑똑한 분이셨죠. 그분의 거실은 인도의 진기한 물건들로 가득 차 있었는데, 우리가 말을 잘 들으면 그분과 그분의 아내는 누나와 제게 거실을 구

경시켜 주시곤 했었죠.”

“그 사람, 입대하기엔 나이가 너무 많았던 것 같은데?”

“그분은 별로 개의치 않았습니다. 처음엔 교관의 하사관으로 입대를 했었는데, 대대가 만들어지면서 분대장으로 급히 파견되었죠. 제가 그분과 같은 부대에서 근무를 하게 된 건 외출을 나와 있는 동안 그분이 저도 모르게 전출을 시켰기 때문이었습니다. 1917년 초였는데, 어머니가 그렇게 해달라고 부탁을 했던 모양입니다.”

“난 두 사람이 그렇게 잘 아는 사이라고는 전혀 생각질 못했네.” 키드가 끼어들며 말했다.

“그분은 나이가 많아서 소대에 친하게 지낼 만한 사람이 없었죠. 그래서 제게 일어난 모든 일들을 어머니에게 편지로 써서 보내곤 하셨습니다. 이해하실지 모르겠지만……” 스트랭윅은 불편한 듯 소파에서 계속 꿈틀댔다. “우린 그분과 아주 가까웠으니까요. 바로 옆 거리에 살았죠. 50년이 넘도록 우리와 잘 지냈습니다. 그런데 세상에! 이해할 수 없는 일이 일어났던 겁니다. 알고 보니 그분이 지금의 저만큼 젊은 시절부터……” 그는 갑자기 울부짖기 시작했다.

하지만 키드는 동요하지 않고 핵심을 짚어 나갔다. “그 사람이 자네에 관해서 자네 어머니에게 편지를 썼단 말이지?”

“공습으로 지하실에 대피해 있을 때 혈관이 터지는 바람에 눈이 안 좋아지신 어머니는, 이모에게 그분의 편지들을 읽어 달라고 하셨습니다. 그것이 선생님께서 정황을 이해하실 수 있는 유일한 단서가 아닐까 싶은데⋯⋯."

"그런데 이모님이 돌아가셨고, 자낸 그 소식을 전보로 받았단 말이지?" 키드가 확인하듯 물었다.

"그렇습니다. 아민 이모⋯⋯ 어머니의 여동생이셨죠. 쉰 살도 되지 않으셨는데, 얼마나 당황스러웠던지 모릅니다. 이모와 관련된 일에 관해 물으신다면, 전 누구나 다 아는 일밖에 말씀드릴 수가 없습니다. 저만 알고 있는 건 하나도 없었어요. 이모는 자기 삶을 마치 가게 진열장처럼 숨김없이 드러내고 사시는 분처럼 보였어요. 그래서 저나 다른 사람이나, 이모에게 진짜로 중요한 비밀이 있다고는 생각도 못했어요. 누나와 제가 독감이나 홍역에 걸리면 이모는 어머니와 함께 누나와 저를 돌봐 주셨고, 우린 토끼처럼 이모의 집을 들락거렸죠. 이모부는 가구를 만드셨고, 우리는 그 집에서 노는 걸 좋아했습니다. 이모에겐 아이가 없었어요. 전쟁이 일어나자 이모는 오히려 잘된 일이라 하셨죠. 하지만 그런 뜻을 함부로 입 밖에 내진 않았습니다. 이해하시겠지만, 이모는 자신을 잘 지켜 내셨죠." 그는 이해를 구하듯 우리를 간절한 눈빛으로 바라보았다.

"이모님은 어떤 분이셨나?" 키드가 물었다.

"몸집이 크신 편이었지만 예뻤죠. 다시 말씀드리지만, 이모와 허물없이 지낸 건 사실이지만, 누나와 제가 이모에 대해 알고 있는 건 많지 않았습니다. 한 가지 특이했던 건 이름이었어요……. 어머닌 이모를 벨라라고 불렀지만 누나와 전 항상 아민 이모라고 불렀죠."

"왜 그렇게 불렀지?"

"그게 이모와 더 잘 어울린다고 생각했었으니까요. 천천히 발음하면 아모르❖가 되기도 했죠."

"재미있군! 그러니까 자네의 소식을 어머니에게 전해 준 건 그녀였군?"

"우편물이 올 때마다 이모는 맞은편 도로를 건너와서는 읽어 주곤 했습니다. 그건…… 그건 제가 보증할 수 있습니다. 해가 서쪽에서 뜬다 해도 그것만은 제가 보증할 수 있습니다! 그런데 중요한 건 그게 아닙니다. 중요한 건, 결국 제가 모든 짐을 떠안아야 한다는 겁니다. 왜냐하면…… 왜냐하면…… 죽은 자가 살아날 순 없으니까요. 죽은 자가 살아난다면, 도대체 살아 있다는 건 뭡니까? 제가 알고 싶은 게 바로 그거라구요! 제가…… 제가 본 건 도대체……."

상황이 급박하게 전개되는 듯했지만 키드는 시험을 그만둘 마음이 전혀 없어 보였다. "존 하사관은 편지에다 자네에게 일어

❖ armour. 갑옷, 무장하다 등의 뜻을 가진 단어.

✝ 전장의 성모 ✝

난 모든 일을 다 썼을까?" 그는 아주 침착하게 물었다.

"그럴 시간이 있었는지는 모르겠네요……. 우린 너무 바빴으니까요……. 하지만 제 얘기가 들어 있는 그분의 편지는 어머니에겐 큰 위안거리였죠. 저는 편지를 쓰는 덴 그다지 재주가 없었습니다. 그래서 휴가만 기다렸죠. 6개월마다 한 번씩 14일간의 휴가가 주어졌습니다. 건너뛰는 일도 비일비재했지만, 전 운이 좋았죠."

"그렇게 집에 가면, 존 하사관에 관한 소식을 전해 주었나?" 키드가 물었다.

"그렇게 해야 한다고 생각은 했지만, 막상 집에 가면 그러지 못했습니다. 사실 제 일을 보는 데 바빴죠. 존 아저씨는 제가 휴가를 받았을 때도 어머니에게 편지를 보냈습니다. 휴가 기간에 제가 해야 할 일과 귀대 시 예상되는 일을 적어서. 그럼 그걸 또 이모가 어머니에게 읽어 주었죠. 그런 게 부담스럽게 느껴져서 그분의 아내와 이모에게 그분 소식을 전하는 걸 꺼렸는지도 모르겠습니다. 또 무엇보다 당시 제겐 제대를 하게 되면 결혼하기로 마음먹고 있던 여자가 있었습니다. 그다지 깊은 관계는 아니었지만."

"자넨 결국 그녀와 결혼을 하지 못했지?"

청년은 또다시 몸을 떨어 대기 시작했다. "아닙니다!" 그가 소리쳤다. "결혼을 하지 못한 게 아니라, 진정으로 사랑한다는 게 무언지를 알게 되었을 뿐입니다! 제게…… 꿈에서조차 생각지 못한 일이 벌어졌기 때문입니다……. 아직 쉰 살도 안 된 이모에게 일어난 일 때문이었습니다! 그 일은 어떤 암시나 징조도 없이 일어났습니다. 그러니 제가 뭘 할 수 있었겠습니까? 1918년 크리스마스 휴가를 마치고 작별 인사를 하러 갔을 때 이모는…… 아민 이모는 두 사람 사이의 관계를 제게 모두 털어놓았습니다. 그러고는 덧붙이더군요. '넌 이제 곧 고드소 씨를 보게 되겠지.' 제가 말했죠. '빨리 보고 싶네요.' 그러자 이모가 말했어요. '그래, 그러면 내 말 좀 전해 주겠니? 다음 달 21일에 나한테 좀 곤란한 일이 있을 것 같으니 그날 이후에, 가능하면 빨리 만났으면 한다고 전해 줘. 내가 너무 보고 싶어 한다고 말이야.'"

"병이라도 생겼나?" 그럴 때의 키드는 영락없는 의사였다.

"이모는 폐에 심각한 문제를 갖고 있었던 걸로 압니다. 하지만 다른 사람에겐 본인의 몸 상태에 대해 많은 애길 하지 않았습니다."

"알겠네." 키드가 말했다. "어쨌거나 이모님이 그런 애길 자네한테 털어놓았단 말이지?"

스트랭윅은 다시 말을 시작했다. "21일에 그 곤란한 일이 해결될 수 있기를 희망하고 있고, 그날이 지난 뒤에 가능하면 빨리 보고 싶다고, 죽을 것만큼 보고 싶다고 존 아저씨께 전해 달라고 하셨습니다. 그러고는 웃으면서 이렇게 덧붙이셨죠. '하지만 넌 금방 까먹는 아이니까, 내가 편지를 써줄 테니 그 사람에게 꼭 전해 줘.' 이모는 조그만 종이에다 편지를 써서 제게 줬고, 저는 작별의 키스를 했습니다. 이모한테 전 언제나 사랑스러운 아이 였죠. 그리고 전 상푸의 부대로 복귀했습니다. 전선으로 돌아오니, 아시다시피 전령이라 업무가 쌓여 있어서 이모와의 일은 까맣게 잊었습니다. 그러다가 저희 소대가 있는 북부 연안의 참호로 가게 되었죠. 박격포 사수인 그랜트 상병에게 전달해야 할 지시 사항이 있어서요. 지시 사항을 듣고 나서 그는 소대 밖으로 저와 존 아저씨를 데리고 나갔는데, 그제야 이모 생각이 났습니다. 그래서 존 아저씨에게 아민 이모의 편지를 건네주었습니다. 그랜트 상병에겐 담배 한 개비를 주었죠. 우린 난로 가에서 몸을 좀 녹였습니다. 그때 그랜트가 제게 말하더군요. '예감이 별로 좋지 않은데.' 그러고는 연안 쪽에서 이모의 편지를 들여다보고 있는 존 아저씨에게 엄지손가락을 들어 올렸죠. 선생님도 아시 겠지만, 그랜트에겐 미래의 일을 알아맞히는 묘한 능력이 있지 않았습니까? 랭킨이 신호탄으로 자살할 걸 알아맞힌 것부터 시작해서……."

"그래, 그랬지" 키드가 말했다. 그러고는 내게 설명했다. "그랜트란 친구는 앞날을 내다보는 능력을 가졌었다네. 빌어먹을, 그게 사람들을 미치게 만들었지. 난 그 친구가 죽었을 때 차라리 잘됐다 싶었다네. 아무튼, 그래서 그 뒤엔 어떻게 됐지, 스트랭윅?"

"그랜트가 제게 귓속말로 말했습니다. '하여튼 영국 놈들이란. 두고 봐, 저 사람 경을 칠 거야.' 존 아저씨는 연안을 등진 채로 참호 벽에 비스듬히 기대고 있었습니다. 제가 방금 들려 드렸던 그 찬송가를 흥얼거리시면서요. 그분의 모습이 갑자기 아주 달라 보였습니다. 마치 면도를 말끔히 한 것처럼 말이죠. 전 그랜트에게 장교가 혹시 아저씨의 노랫소리를 들을지도 모르니 주의하라고 일러 주고는 그 자리를 떠났습니다. 연안 쪽에 계시던 존 아저씨를 지날 때, 아저씨는 평소와는 달리 미소를 띠며 고개를 까닥해 보이더군요. 그러고는 제가 전한 편지를 주머니에 넣으며 '일이 잘됐어. 21일에 휴가를 나가거든' 하고 말씀하셨어요."

"그 사람이 그렇게 말했단 말인가?" 키드가 물었다.

"저와 헤어지면서 정확히 그렇게 말씀하셨습니다. 물론 저도 잘된 일이라고 대꾸를 해드렸고요. 그리고 전 제시간에 대대 본부로 귀환했고, 그 일은 채 1분도 지나지 않아 잊어버렸습니다. 그리고 1월 11일, 제가 휴가를 마치고 귀대한 지 3일이 지났을 때였습니다. 선생님도 기억하실 겁니다. 그달 초순엔 유별나게 상푸 일대에 아무 일도 일어나지 않았었죠. 독일 녀석들이 3월 대공세를 준비하고 있던 때였죠. 녀석들이 조용히 있는 한 우리도 괜히 쑤석거릴 필요가 없었고요."

"기억하고 있네." 키드가 말했다. "그 사람은 어땠나?"

"가끔씩 그분을 만날 일이 생겼지만 그저 평범한 하루하루였습니다. 별달리 기억나는 게 없습니다. 늘 그날이 그날이었으니까요. 그리고 1월 21일이 왔죠……. 휴가병들에게 주의 사항을 전하려고 본부로 갔을 때 명단에 그분의 이름이 올라 있는 걸 봤습니다. 그런데 그날 오후 독일 녀석들이 새로 입대한 박격포 사수 교육을 시키느라 우리 중포重砲 앞 연안에다 한 발을 꽂더니, 대여섯 발을 연이어 쏘았죠. 제가 지원부대로 올라갔을 때 휴가병들은 잔뜩 주눅이 든 모습이었는데, 늘 그랬듯 작은 앵무새 참호는 봉쇄되어 있었습니다. 그날 기억하시죠, 선생님?"

"그럼! 큰 기관총이 가건물 뒤편에서 여지없이 발사할 준비를 갖추고 있었지." 키드가 말했다.

"그날은 어두운 데다 안개까지 수로를 뒤덮고 있었고, 저는 작은 앵무새 참호 밖으로 나가 개활지를 가로질러 갔습니다. 워릭 출신 전사자들 무덤 네 개가 있는 곳까지 말입니다. 하지만 안개 때문에 시야가 흐린 데다가 작은 앵무새 참호 서쪽에서 프랑스군 경계로 들어가는 지점에 있는 오래된 반半 참호에 무릎이 빠지는 바람에, 그 안으로 굴러 떨어지고 말았습니다. 그래서 기관총 거치대 위에 걸쳐진 꼴이 돼버렸는데, 참호 속엔 낡은 보일러와 빌어먹을 알제리 출신 프랑스 보병 시신 두 구가 뒹굴고 있었죠. 꾹 참고 그곳을 빠져나와 프랑스군 경계를 통과해서 마차 바닥에서 떨어져 나온 널빤지를 밟고서 프랑스 이등병들이 여섯

이나 있는 푸줏간 거리로 들어섰습니다. 그러고는 마차 아래로 기어들었죠. 마차는 꽁꽁 얼어붙어서 물이 떨어지진 않았지만, 엄청나게 삐걱거렸습니다.”

“걱정이 태산이었겠군.” 키드가 말했다.

“아닙니다.” 청년이 노련한 군인이라도 되듯 냉소를 띠며 말했다. “전령이란 그런 식의 난관에 부닥치면 더 잘 헤쳐 나가는 법이죠. 푸줏간 거리 중간쯤에, 그러니까 예전 야전 응급실 앞에 이르렀을 때, 덮개 없는 사륜마차 위에서 뭔가가 보였습니다. 얼핏 보니 아민 이모 같았습니다. 하지만 그건 너무도 웃기는 상상이었죠. 잠시 뒤에 전 그게 어둠과 연기에 싸인 채 널빤지 위에 걸려 있는 넝마 조각이란 걸 알았습니다. 마치 절 놀리려고 일부러 걸어 둔 것 같았죠. 그렇게 어렵사리 지원부대까지 올라간 저는 존 아저씨를 포함한 휴가병들에게 주의 사항을 전달했습니다. 그러고 나서 최전방 지역 병사들에게 주의 사항을 전달하기 위해 레이크 앨리로 올라갔습니다. 서두를 필요는 없었죠. 어차피 독일 녀석들의 고사포가 어느 정도 잦아질 때까지는 그곳에 가고 싶지도 않았으니까요. 그런데 그때 마침 후임 중대장이 그곳에 잠깐 들렀다가 플래시를 비추는 바람에 우리들을 곤경에 빠뜨리고 말았죠. 그래서 전 휴가병들을 데리고 고사포가 날아드는 그곳을 빠져나가야 했습니다. 일이 밀려 있어서 8시 반까지는 지원대로 돌아가야 했는데, 그런 일로 시간을 까먹는 바람에

서둘러야 했습니다. 그때 뜻밖에도 존 아저씨와 마주쳤습니다. 옷에 묻은 진흙도 다 떼어 내고 면도도 말끔히 한, 무척 멋쟁이 같은 모습이었죠. 그분이 애러스 행 기차에 관해 묻기에, 독일군의 고사포가 잠잠해져야 하니 10시는 되어야 도착할 거라고 말해 주었습니다. 그러자 그분이 말했죠. "좋아! 너랑 같이 가야겠다." 그래서 우린 지원대 대피호들 뒤편의 오래된 참호를 건너서 출발했습니다. 선생님께서도 아시는 일이죠."

키드가 고개를 끄덕였다.

"그때 존 아저씨가 물었습니다. 며칠 뒤에 네 어머니와 다른 식구들도 볼 텐데 전할 말이 없느냐고. 나는 다른 사람도 보고 싶지만 아민 이모가 보고 싶다고 말했습니다. 얼마나 보고 싶었으면 허깨비까지 보았겠냐면서요. 그 얘기를 하는 동안에 전 계속 웃고 있었습니다. 그게 제 얼굴에 웃음이 남아 있던 마지막 순간이었죠. '아…… 자네도 보았군!' 그분은 아주 자연스럽게 그렇게 말했습니다. 그래서 전 어둠 속에서 본 건 모래주머니와 넝마 조각일 뿐이었다고 했죠. '그렇게 생각했겠지.' 그분은 그렇게 말하면서 각반에 붙은 진흙을 털어 냈죠. 그때 우린 프랑스군 경계 안으로, 그러니까 오래된 바리케이드가 있는 교통로 모퉁이에 이르렀습니다. 그분은 오른쪽으로 돌아서 바리케이드 너머로 기어올랐죠. 제가 말했습니다. '전 이만 가봐야겠어요. 오늘 저녁에 벌써 한 번 거기 갔었거든요.' 하지만 그분은 더 이상

제 말에 신경 쓰지 않았습니다. 그분은 바리케이드 바로 안쪽에 있는 오물과 사체들을 보았을 텐데도, 곧장 올라가더니 한 손으로 난로를 들어 보이더군요. '이보게, 클렘.' 그분은 평소와는 달리 제 이름을 부르면서 물었습니다. '자넨 두려움을 모르는구면. 노련한 군인처럼 말이야. 독일 녀석들이 공습을 다시 시작한다 해도 여기다 때려 대진 않을 거야. 누가 있을 거라고 생각하지 않을 테니까.' '아저씬 지금 누가 두려우세요?' 제가 그렇게 물었습니다. '두려운 게 딱 하나 있지. 바로 나! 하지만 휴가를 망치고 싶진 않아.' 그분은 그렇게 말씀하시더니 재빨리 얼굴을 돌리고는, 장례식 도중에 제가 흥얼거렸다고 하셨던 바로 그 노래를 부르기 시작했죠."

무슨 이유 때문인지 키드는 천천히 그 노랫말 전문을 처음부터 끝까지 읊조렸다. "내가 사람의 이법으로 에베소에서 맹수와 싸웠다면, 그것이 내게 무슨 유익이 있겠습니까? 죽은 자가 다시 살아나지 못한다면 무슨 이득이 있겠습니까?"

"바로 그거였어요." 스트랭윅이 말했다. "저는 휴가병들과 함께 프랑스군 경계 쪽으로 내려갔습니다. 모든 것이 얼어붙어 걸음을 뗄 때마다 나는 삐걱거리는 소리 외에는 적막만이 흐르고 있었습니다. 제 기억에 남아 있는 건……." 그의 두 눈이 흔들리기 시작했다.

"다른 생각은 하지 말게. 무슨 일이 있었는지만 말해." 키드가 명령했다.

"아! 용서해 주세요! 그분은 화로를 챙겨 들고는, 그 노래를 부르면서 푸줏간 거리를 향해 되돌아 내려갔습니다. 예전의 야전 응급실에 이르기 바로 직전에 걸음을 멈추고는 화로를 내려놓으면서 말했죠. '그녀가 어디에 있었는지 말해 주겠나, 클렘? 내 시력은 예전만큼 좋질 않아.' '어디 있긴요, 이모 집 침대에 있겠죠. 진정하세요, 아저씨. 정말이지 끔찍하게 춥네요. 전 뜨뜻한 방이 기다리고 있는 휴가병이 아니라구요.' '그래, 난……, 그분이 입을 열었죠. '난 말이야…….' 바로 그때 선생님께 말씀드렸던, 그 알아들을 수 없는 목소리가 들려왔고…… 그분이 그쪽으로 목을 쑥 내밀더니 말했습니다. '어쩐 일이오, 벨라!' 그분은 거듭해서 외쳤습니다. '오, 벨라!' 그러고는 다시 말했죠. '감사합니다, 하느님!' 그분은 바로 그렇게 말했습니다! 그리고 그 순간 저는 보았습니다. 선생님께 말씀드렸던 그대로, 아민 이모가 예전의 그 야전 응급실 문가에 서 있었던 겁니다. 처음에 제가 이모를 보았다고 생각했던 바로 그 자리에 말입니다. 그분은 이모를 바라보고 있었고, 이모도 그분을 바라보고 있었습니다. 전 두 눈으로 똑똑히 보았습니다. 제 영혼이 몸속으로 빨려 들어가더니 그 안에서 녹아내렸습니다. 그때 제가 할 수 있는 건 아무것도 없었습니다. 이해하시겠어요? 그분은 할 수 있는 일이 그것밖에 없다는 듯 이모를 바라볼 뿐이었고, 이모 역시 그분을 바라볼 뿐이었습니다. 그러다가 그분이 말했죠. '결국 이렇게 되었구려, 벨라. 이것이 우리의 오랜 세월 중 우리 둘만 있게 된 두 번째 순간이구려.' 이모는 추위로 꽁꽁 얼어붙은 그분에게로 반쯤 팔을 뻗었습니다. 그건 40대 후반의 제 이모가 분명했습니다! 선생님께서는 절 미치광이라며 가둬 버릴 수도 있겠지만, 전 분명히 보았습니다. 이모가 그분의 말에 응답하는 걸 말입니다. 그러자 그분은 갑자기 자신의 소총으로 자신의 손목을 자를 듯 내려치면서 말했습니다. '안 되오! 날 유혹하지 마시오, 벨라. 우리 앞엔 영원한 삶이 놓여 있소. 잠깐 동안의 만남으로 그 영원한 시간을 바꾸려 해선 안 되오.' 그러더니 그분은 화로를 집어 들고 대피호의 출입문을 열었습니다. 저는 더 이상 안중에도 없었죠. 그분은 화로에다 기름을 쏟아 붓고는 성냥을 켜서 불을 붙이더니 불이 타오르는 화로를 대피호 안으로 갖고 들어갔습니다. 그때까지 아민 이모는 팔을 뻗은 채로 그분을 쳐다보고 있을 뿐이었습니다. 어떻게 그런 일이 일어날 수 있는지 저로선 알 도리가 없었습니다. 대피호 밖으로 나온 그분이 이모에게 말했습니다. '들어오시오, 내 사랑.' 그러자 이모는 머리를 구부리고는 아무런 주저 없이 대피호 안으로 들어갔습니다. 아무런 주저도 없이! 그분은 대피호 안에서 출입문을 당기고는, 쐐기를 박기 시작했습니다. 신이여, 도와주소서! 저는 제 두 눈으로 똑똑히 보았고, 두 귀로 똑똑히 들었습니다."

✝ 전장의 성모 ✝

그는 그 맹세를 여러 번 되뇌었다. 한참이나 묵묵히 있던 키드가 그다음엔 어떤 일이 있었는지 기억하냐고 물었다.

"그때 이후로 제 머리는 뒤죽박죽이 되고 말았습니다. 사람들은 왜 그렇게 되도록 내버려 두었냐고, 어떻게든 막았어야 하지 않느냐고 했습니다. 하지만 전…… 제가 본 건…… 제 안에 놓인, 아득하게 먼 길이었습니다……. 선생님께서도 그런 길을 보신 적이 있다면 절 이해하시겠지요. 그저 그 길을 묵묵히 바라보는 것 외엔 할 수 있는 게 아무것도 없었습니다. 다음 날 아침 사람들이 절 깨웠습니다. 그분이 기차를 타지 않았기 때문이었죠. 그리고 누군가가 그분이 저와 함께 있는 걸 봤다고 했습니다. 저녁 식사 시간까지는 누구로부터도 꼬치꼬치 질문을 받지 않았습니다. 그날 전 발가락에 심한 염증을 앓고 있던 디어러브를 대신해서 최전방에 메시지를 전달하는 일을 맡았습니다. 선생님께서도 아시겠지만, 그런 일은 미룰 수가 없지요. 참호로 올라갔을 때, 그랜트가 제게 알려 주더군요. 문에다 쐐기를 박아 놓고 문틈으로 모래주머니를 쑤셔 넣은 대피호에서 존 아저씨를 찾아냈다고. 그 순간 그분이 문에다 쐐기를 박던 소리가 마치 아버지의 관에 못질하는 소리처럼 생생하게 들려왔습니다."

"누구도 나한테 그 문에 쐐기가 박혀 있었다고 말해 주진 않았네." 키드가 심각한 표정으로 말했다.

"죽은 사람의 이름을 더럽힐 필요는 없었던 거죠, 선생님."

“그랜트가 푸줏간 거리로 갔던 건 뭐 때문이었지?”

“그는 그 일이 있기 전 일주일 동안 존 아저씨가 강참숯 화로를 예전 바리케이드 뒤편으로 옮기는 걸 주시하고 있었다고 했습니다. 그래서 수색이 시작되었을 때 곧장 그쪽으로 가봤던 거죠. 그리고 문이 잠겨 있는 걸 발견하고는 다른 사람들이 오기 전에 문틈에 끼어 있던 모래주머니들을 빼낸 뒤에 쐐기를 뽑아낸 겁니다. 제가 살펴본 바로도 그렇게 보였습니다. 선생님께선 문짝이 뜯겨져 있어야 하는 거 아닌가 하고 생각하시겠지만, 일은 그렇게 된 거였습니다.”

“그랜트는 고드소가 뭘 하려 했는지를 알고 있었나?” 키드가 날카롭게 물었다.

“그는 고드소 씨가 비난받을 짓을 했다고 말했습니다. 그래서 그분을 도우거나 숨겨 줄 수 없었다고, 그렇게 말했습니다.”

“그러고 나서 자넨 뭘 했었나?”

“전 제 일을 계속할 수밖에 없었습니다. 대대 본부 사람들이 어머니로부터 온 전보를 제게 줄 때까지…… 아민 이모가 돌아가셨다는.”

“자네 이모님이 돌아가신 게 언제였지?”

“21일 아침이었습니다. 21일, 그 일이 있던 바로 그날 아침이었습니다! 있을 수 없는 일이죠, 그렇지 않습니까? 전 제 자신에게, 할 수 있는 한 최대한 침착하자고 말했습니다. 그러면서 제가 겪은 일은, 우리가 애러스에서 지하실을 임시 숙소로 썼을 때 선생님께서 명심하라고 일러 주셨던 이야기와 같다고 생각했습니다. 가령, 몽즈의 천사들❖ 같은 일 말입니다. 그런데 제게 온 전보가 그 천사의 이야기를 짓밟아 버렸죠."

"세상에……." 키드가 말했다.

"그렇습니다, 선생님도 아시지 않습니까?" 그는 소파에서 반쯤 몸을 일으켰다. "그 전보는 저를 움켜쥐고 놔주지 않고, 저의 현재와 미래를 온통 흔들어 대고 있습니다. 만약 죽은 사람이 살아난다면…… 그래서 제가 그를 보았다면…… 당연히…… 당연히 무슨 일이든 일어날 수 있는 거 아닌가요?"

그는 완전히 기진한 상태에서 뻣뻣하게 손을 내저었다.

"이건 모두 제가 이모를 보았기 때문에 일어난 일입니다." 그는 계속 똑같은 말을 반복했다. "그분과 함께 이모를 보았기 때문입니다. 이모는 그날 아침에 세상을 떠났고, 그분은 제 눈앞에서 스스로 목숨을 끊었습니다. 그분은 이모를 데리고 영원으로 건너가 버린 겁니다. 이모는 그 영원을 향해 두 팔을 뻗었고요. 전 알고 싶습니다. 여기 계시는 두 분 선생님, 왜 우리는 언제나 이런 불완전한 세계에 서 있어야 하는 거죠?"

❖ 1차 세계대전 초기 프랑스 국경 지대 몽즈에서 연합군과 독일군이 격전을 벌였을 때 영국군 병사들을 보호해 주었다는 전설의 천사들.

"신은 아시지." 키드가 혼잣말로 중얼거렸다.

"종소리는 누구에게나 똑같이 들리는 법 아닌가?" 내가 말했다. "저러다 저 친구마저 갑자기 어떻게 돼버리는 거 아니야?"

"아니, 그러진 않을 거야. 마지막 소동일 거야." 그러고는 키드가 말했다. "계속하게, 스트랭윅!"

두 손을 등 뒤로 돌리고 시선을 한곳에다 고정한 채로 스트랭윅은 소년처럼 불안하게 갈라진 목소리를 흘렸다. "신은 오직 한 번만 기회를 줄 뿐이죠." 그는 울부짖음을 멈추지 않았다. "그 단 한 번의 기회가 제겐 저주의 시간이 되어 버렸어요!" 그는 느닷없이 분노가 이글거리는 목소리로 말했다. "눈에 보이는 걸 그대로 믿든 말든 전 상관하지 않아요……. 그녀가 좋아한다면 사랑을 찾아가도록 내버려 두세요! 그녀는 더 이상 실재 속에 살지 않으니까요! 제가…… 제가 그 두 사람을 본 건 그럴 만한 이유가 있었기 때문입니다. 선생님, 분명하게 말씀드릴 테니 들으세요! 제가 원할 때면 언제든 그들을 만날 겁니다. 그들의 얼굴을 다시 볼 때까지는…… 다른 어떤 것도 진짜인 건 없습니다. 진짜인 것은 삶과 죽음뿐이죠. 진정한 건 죽음에서 시작되는 겁니다. 선생님도 아시잖아요……. 빌어먹을, 당신들 지옥에나 떨어져! 지겨워…… 질려 버렸다고!"

그는 시작할 때와 마찬가지로 갑자기 입을 다물어 버렸다. 일그러진 얼굴에는 난감함이 깃들어 있었다. 키드는 그의 양손을 잡고 젖은 수건처럼 축 늘어진 그를 소파에 기대게 하고는 옷장에서 화려한 빛깔의 의상을 꺼내 그의 몸을 덮어 주었다.

"환상이 마침내 사실이 되고 말았군." 키드가 말했다. "이제 저 친군 편안히 잠들 거야. 그런데, 누가 저 친구를 데리고 왔지?"

"가서 찾아볼까?" 내가 말했다.

"그렇게 해주게. 가능하면 이곳으로 좀 데려와 주게나. 우리끼리 밤을 새봐야 소용없을 테니까."

나는 한창 열기가 달아오른 연회장으로 가서 남부 런던 로지 출신의 나이 지긋하고 세심한 성격의 형제를 찾아냈다. 나를 따라 방으로 온 그는 진심으로 유감을 표시했고, 키드는 그를 진정시켰다.

"저 친구에게 문제가 좀 있긴 합니다만," 신사가 변명처럼 말했다. "여기 와서 갑자기 이상하게 변해 버려서 사실 좀 당황했습니다."

"많이 지난 일이긴 합니다만, 앞으로도 저 사람과 그때 얘기를 좀 나눴으면 합니다." 키드가 말했다. "가끔 들르게 해주실 수 있는지요?"

"가능합니다. 그렇게 하겠습니다. 그런데 그것 말고도, 전쟁 이후와 관련해서도 클렘은 몇 가지 문제를 갖고 있습니다."

"직장 생활이 곤란한가요? 중압감을 털기만 하면 많이 좋아질 텐데요." 키드가 밝은 목소리로 말했다.

"꼭 그런 건 아니고…… 아무튼 저 친구가 마음의 준비가 되어야 가능한 일이겠죠. 건성이지만 속마음을 털어놓기도 했었는데…… 그런데, 사실은 말입니다, 선생님. 저 친구가 저렇게 된 데에는 파혼이 상당 부분 관련되어 있습니다."

"아! 그건 또 다른 문제입니다." 키드가 말했다.

"아닙니다. 그게 저 친구의 진짜 문제입니다. 다른 이유가 있을 게 없습니다. 제가 보기엔 나무랄 데 없는 처녀였습니다. 하지만 저 친구는 갑자기 그녀가 자신의 이상형이 아니라고 말했죠. 젊은 사람 마음을 어떻게 알겠습니까만, 이해가 안 되더군요."

"이해하신다면 그것도 이상하죠." 키드가 말했다. "하지만 저 친구, 지금은 아주 정상입니다. 이제 한숨 푹 잘 겁니다. 저 친구 곁에 앉아 계시다가 일어나면 조용히 집으로 데려다 주십시오……. 아, 그리고 소동은 집회에선 흔히 있는 일이라 저희에겐 무척 익숙하니까 저희에게 미안해하실 건 없습니다. 그런데 형제님 성함이……?"

"아민입니다." 나이 든 신사가 말했다. "저 친구가 제 조카죠."

"아무것도 알 필요가 없는, 바로 그분이시군요!"

키드의 말에 아민 형제는 약간 당황하는 듯 보였다. 키드가

황급히 덧붙였다. "말씀드렸듯이, 지금 저 친구에게 가장 필요한
건 깨어날 때까지 푹 자도록 지켜봐 주는 겁니다."

알라의 눈

성 일로드 수도원의 선창자先唱者✤는 음악에 대한 열정이 지나쳐서 도서실 운영에는 거의 신경을 쓰지 않았는데, 덕분에 부선창자인 클레멘트가 그 일을 도맡고 있었다. 수도원 필사실에서 두 시간을 꼼짝없이 앉아 청음과 채록을 끝낸 그는 뒷정리를 하고 있었다. 필경筆耕 수도사들은 이브샴✤✤의 대수도원장으로

....

✤ 주로 성가대의 선창자를 이르는 Cantor는 '가수, 사서, 문서 보관자'의 뜻을 두루 지니고 있다. '노래를 이끌어 가는 주도자'의 의미가 '모든 책에 대한 관리의 책임을 가진 사람'으로 확대된 것이며, 뒤에 나오는 부선창자Sub-Cantor는 선창자의 모든 업무를 보조하는 사람이다.
✤✤✤ 잉글랜드 서부 우스터셔 주 동남부의 소도시.

부터 주문받은 4복음서❖ 필경본을 그에게 제출하고는 저녁 예배를 위해 열을 지어 필사실을 빠져나갔다. 부르고스❖❖❖의 존으로 더 잘 알려진 존 오토만 홀로 자리를 떠나지 않고 있었다. 그는 자신이 맡은 루가복음 수태고지 장면을 그린 축소 세밀화의 조그마한 주인공에게 황금 광택을 입히는 중이었다. 그 그림은 나중에 교황의 사절로 오는 팔코디 추기경의 마음을 움직여 구매하게 만들어야 할 작품이었다.

"그만 끝내시게, 존." 부선창자가 낮은 목소리로 말했다.

"응? 다들 벌써 간 건가? 나가는 소릴 듣지 못했구먼. 잠깐이면 되네, 클레멘트."

부선창자는 느긋한 표정으로 기다렸다. 그는 존을 알고 지낸 지 10년이 훨씬 넘었다. 외국을 들락거리며 지내도 존은 언제나 성 일로드 수도원에 속해 있었다. 그는 오토 가家의 다른 서자들에 비해 요구가 많았지만 수도원이 그 요구를 흔쾌히 수용했기에, 그림 관련 용품이나 도구들을 사용하는 데 전혀 불편함이 없었다.

부선창자는 압정으로 고정시켜 놓은 피지皮紙를 어깨너머로 건너다보았다. 거기에는 마리아 송가의 첫 구절이 그려져 있었

....

❖ 마태복음, 마르코복음, 루가복음, 요한복음을 일컬음.
❖❖❖ 유명한 고딕 양식의 대사원이 있는 스페인 북부 도시.

는데, 아직은 후광이 거의 드러나지 않은 성처녀 뒤편엔 붉은 랙 염료가 첨가된 황금색이 칠해져 있었다. 아라베스크 문양이 무수히 얽혀 있는, 가장자리가 둥근 격자창 앞의 성처녀는 경이로움에 휩싸인 채 두 손을 모으고 있었다. 그림 속의 만발한 주황색 꽃들은 멀리 보이는 작고 메마른 풍경 너머로 푸른빛의 열기를 흩뿌리는 것처럼 보였다.

"영락없는 유대인 여자로구먼." 마리아의 황록색으로 물든 뺨과 예지로 가득 찬 두 눈을 세심하게 살펴보며 부선창자가 말했다.

"우리의 여인께서 그럼 누구시겠어?" 존이 피지에 꽂혀 있던 압정을 빼내면서 덧붙였다. "이보게, 클레멘트. 내가 만약 이번 여행에서 돌아오지 않는다면, 이게 루가 성인을 그리는 모범이 될 거라고. 그러면 누가 됐건 완성은 시키겠지." 그는 그림을 보관 용지 사이에다 밀어 넣었다.

"부르고스로 다시 간다고 들었네만."

"이틀 뒤에 떠날 거야. 새로 대성당을 짓는다는데, 석공들의 속도가 신의 분노보다 더 느린가 보더라고. 나야 상관없지만."

"상관이 없다고?" 부선창자가 의심하는 투로 물었다.

"무슨 상관이 있겠나. 자네만 봐준다면 말이야. 스페인 남쪽으로 내려갈 걸세⋯⋯. 그라나다 점령지 외곽에 무어인들의 기하학 문양으로 된 쓸 만한 작품들이 있다더군. 잡스런 생각을 털어 내고 집중하는 덴 그런 작품이 그만이지…… . 방금 내 수태고지 그림에서 자네가 느낀 것 같은, 그런."

"성모는…… 정말 아름다웠네. 어쨌든 자네한테 여행이야 새삼스러울 것도 없지만, 사도식敎禱式만은 꼭 하고 가야 하네, 존."

"물론이지."

존은 젊은 시절 겐트에서 재삭발식에 자주 빠졌듯이, 여행을 떠나기 전날 치러지는 사도식도 빠뜨려 먹곤 했다. 그러나 수도자의 표식은 요긴하게 써먹을 수 있는 성직자의 특권*이자, 여행 중에는 특히나 필요한 것이었다.

"필사실에 필요한 것들도 잊지 말게. 벌써 군청색이 바닥이 나서 암청색을 섞어서 칠하는 실정이라네. 그리고 선홍색의 경우엔…… ."

"염려 붙들어 두시게."

"근데 토머스 형제도 필요한 게 있다고 하던데…… ."

토머스는 수도원 부설병원의 책임을 맡고 있는 간병사였다.

"따로 부탁을 하겠지. 말이 나온 김에 그이한테 가서 머리나 깎아 달라고 해야겠어."

존은 의무실과 취사장을 지나 수도원 뒤뜰로 갈라지는 곳까

❖ 수도사들의 경우 일반인과는 달리 범죄를 저지르더라도 반드시 교회 법정에서만 심판할 수 있었다.

지 계단을 내려갔다. 유순하면서도 더할 나위 없이 고집스러운 간병사 토머스 형제는, 존의 머리를 잘라 주면서 무슨 수를 써서라도 스페인에서 꼭 갖고 와야 할 약품의 목록을 건네주었다. 그때 마침 모피를 댄 야간용 구두를 신은 가무잡잡한 절름발이 스티븐 수도원장이 나타나는 바람에 그들은 깜짝 놀랐다. 스티븐 원장은 몰래 염탐이나 하는 사람은 아니었다. 그는 젊은 시절 십자군 원정대에 참가했다가 만수라✤ 전투에서 치명상을 입고 포로가 되어 2년간 카이로의 사라센 감옥에 수감되었는데, 그곳에서 사라센인들로부터 다리를 절면서도 부드럽게 걷는 법을 배웠다. 그는 노련한 매 사냥꾼에다, 이성적이면서도 엄격한 규율주의자였다. 하지만 무엇보다 뛰어난 과학자에, 성 바울 성당의 참사위원인 브르타뉴 르 라눌프로부터 의학을 배운 의사였다. 때문에 그가 종교적인 것보다는 수도원 부설병원 업무에 더 신경을 쓰는 것은 이상한 일이 아니었다. 그는 토머스가 존에게 적어 준 약품 목록을 흥미롭게 훑어보고는 거기다 몇 가지를 추가했다. 간병사가 물러간 뒤, 수도원장은 존에게 관대한 사도식을 진행하면서 어지간한 실책들은 모두 덮어 주었다. 그는 면죄부를 사서 죄를 면하는 일에는 찬성하지 않는 사람이었다.

....

✤ 이집트 동북부 나일 강 델타 지대에 있는 도시로, 1250년 이집트의 맘루크 왕조에게 십자군이 패배하여 루이 4세가 붙잡힌 곳.

✝ 알라의 눈 ✝

"그래, 이번 여행에선 뭘 찾아볼 건가?" 수도원장은 회반죽과 저울들 곁에 놓여 있는 긴 의자에 앉아 물었다. 약을 보관하는 조그만 수도실 안은 온기로 가득했다.

"주로 마귀들이죠." 존이 활짝 웃으며 말했다.

"시리아의 아바나도 아니고 파르파르도 아닌, 스페인에서?"

그림 실력은 두말할 것도 없고 좋은 가문에서 태어나기까지 한 존은 (그의 모계도 명문인 드 샌포드 집안이었다) 수도원장의 눈을 피하지 않으며 말했다. "원장님께선 보질 못하셨나요?"

"무슨 소리. 카이로에서 넘치도록 봤지. 그런데 악마를 찾는 특별한 이유라도 있는 건가?"

"성 루가를 완성하기 위해서죠. 그분은 마귀에 관한 한 네 분의 성자들 중 으뜸이지 않습니까."

"당연한 말씀. 또 그분은 자네와는 달리 의사이기도 하셨네."

"그럴 리가요! 어쨌거나 저는 교회에서 늘 써먹는 마귀들의 모습이 이젠 지겨워요. 원숭이에, 염소에, 닭에, 오리에…… . 그저 붉은색에 검정으로 지옥이니 최후의 심판 같은 걸 그려 놓는 걸로 만족하지만…… 전 아닙니다."

"안 되는 이유라도 있나?"

"우선 말이 되어야죠. 지옥을 묘사하려면 온갖 종류의 마귀들을 다 등장시켜야죠. 가령, 막달라 마리아의 몸에서 나온 일곱 마귀*를 생각해 보세요. 여자의 몸에서 나왔으니 그 마귀들은 여성일 테고, 또 한 가지 종류만 있을 리가 없죠. 그러니 일반적인 마귀들에서 보이는 부리나 뿔, 수염 따위로 묘사해서는 안 된다는 겁니다."

수도원장이 웃음을 터트렸다.

"그뿐이 아닙니다! 벙어리 남자에게서 나온 마귀에게 돼지 주둥이나 부리를 왜 다는지 모르겠어요. 문둥이한테서 꺼낸 마귀는 얼굴이 없는 게 당연하고. 무엇보다 가다렌의 돼지들❖❖ 속으로 들어간 마귀들 말입니다. 그것들이 어떻게 생겼을지는 저도 감이 잡히질 않습니다만, 아주 독특한 마귀들임엔 틀림없겠죠. 성인들만큼이나 마귀의 모습도 다양해야 하는 건 당연한 일입니다. 그런데 지금의 마귀들은, 벽에 그려진 거나 창에 그려진 거나 책 속의 것이나 모두 한 가지뿐이란 말이죠."

"계속해 보게, 존. 이 문제에 관한 한 나보다 한 수 위인 것 같군."

"그럴 리가요! 하지만 감히 말씀드릴 수 있는 건, 마귀를 통해 저주를 드러내지만, 그걸 통해 존경심을 끌어낼 수도 있다는 겁니다."

"위험한 독단이야."

<hr>

❖ 루가복음 8:2. '일곱 마귀가 나간 막달라 여자라고 하는 마리아.'
❖❖❖ 루가복음 8:32. '마침 그곳 산기슭에는 놓아기르는 돼지 떼가 우글거리고 있었는데 마귀들은 자기들을 그 돼지들 속으로나 들어가게 해달라고 간청하였다.'

"제 말씀은, 그림이 가치 있으려면 그리는 사람의 생각이 들어가야 하고, 그 생각은 최선의 생각이어야만 한다는 겁니다."

"그건 위험하지 않군그래. 어쨌든 자네에게 사도식을 하고 나니 좋구먼."

"사물의 외형이나 그리는 손재주꾼의 앞날에 도사린 위험들을 덜어 주시니…… 교회의 영광에 은혜를 입었나이다."

"아무렴 그렇지. 하지만, 존." 수도원장의 손이 존의 소매를 살짝 스쳤다. "지금 이 자리에서 말해 주게. 자네 그림 속의 성모는 어느 나라 사람인가? 무어인인가 히브리 사람인가?"

"그저 저의 성모이십니다." 존이 대답했다.

"그뿐인가?"

"저는 오로지 그것만 추구했을 뿐입니다."

"그래…… 좋아! 그건 내 권한 밖의 문제지. 하지만 저 아래에 있는 사람들은 어떻게 볼까?"

"아, 스페인에선 문제될 게 없습니다. 교회든 왕이든, 그저 찬양할 뿐이죠! 사실 그곳엔 무어인이나 유대인들이 다 죽여 없애 버리지 못할 만큼 많지요. 그들을 몰아내 버린다면 장사고 농사고 아무것도 할 수 없을 겁니다. 정복자의 나라*에서 일어날 일이라면, 절 믿으십시오. 우린 함께 사랑하며 생활할 겁니다.

....

❖ 스페인을 말함.

스페인 사람, 무어인, 유대인들 모두. 그래요, 우린 누구도 의심하지 않습니다."

"그래…… 알겠네." 스티븐 수도원장이 한숨을 내쉬었다. "성모께서 바뀔 수 있는 여지야 언제나 있는 거니까."

"그럼요, 여지야 언제나 있습죠."

수도원장은 부설병원으로 떠났다. 수도원에 대한 로마 교황청의 통제가 그리 심하지 않던 태평한 시절이라, 수도자의 여자가 지나치게 나서거나 그 자식이 부친의 성직록聖職錄 수령자들을 지나치게 압박하지만 않는다면 어지간한 것은 못 본 척 넘어가 주는 게 상례였다. 하지만 어떤 일이든 수도원장이 교황청으로 소환되는 일이 발생하면 문제는 심각해졌다. 그런 일은 주로 기독교인이 무신론자와 뒤섞일 때 발생했다. 그럼에도 불구하고 스티븐 원장은, 존이 노새를 타고 갑옷에 종자까지 데리고서 사우샘프턴의 바다를 향해 철컹거리는 소리를 울리며 길을 내려가는 장면을 지켜보며 다만 그가 부러울 뿐이었다.

*   *   *

20개월 후, 수도원으로 돌아온 존은 근사하게 생긴 견고한 상자를 열어 선물들을 쏟아 놓았다. 한 뭉치의 질 좋은 푸른색과 선홍색 안료, 그리고 광택이 나는 심홍색 안료를 만들 때 주로

✝ 알라의 눈 ✝

쓰는 말린 딱정벌레 한 묶음은 부선창자를 위한 것이었다. 또 우윳빛의 대리석으로 된 주사위 모양의 안료에는 은은한 분홍빛이 서려 있었는데, 배경을 그리는 데 그만인 것으로 물을 축여 문질러 사용하는 것이었다. 하지만 그가 가지고 온 것의 반 이상은 수도원장과 토머스가 주문했던 약품들이었다. 그리고 짙은 붉은 빛이 도는 기다란 홍옥수 목걸이는 수도원장의 여인, 노턴의 앤을 위해 마련한 선물이었다.❖ 정중하게 그것을 받아 든 그녀는 존에게 어디서 구했느냐고 물었다.

"그라나다 근처였습니다."

"거기 모든 걸 두고 오셨습니까?" 앤이 물었다. (아마도 존이 수도원장에게 한 고백을 그녀도 알고 있는 듯했다.)

"하느님의 손에 모두 맡겨 두고 왔습지요."

"이런 안타까울 데가! 거기서 얼마나 지내셨나요?"

"넉 달에 11일이 모자랐습죠."

"그 기간 동안…… 그녀와 함께 지내셨나요?"

"제 팔에 안겨 출산을 했지요."

"그래서요?"

❖ 13세기 로마 교황청은 통제를 그다지 심하게 하지는 않았지만, 수도원에 '수도원장의 여인'이 거주하는 것은 있을 수 없는 일이었다. 훗날 키플링이 자신의 전기에서 밝힌 바에 따르면 '수도원장의 여인'이라는 표현은 존중의 의미를 담고 있으며, 다만 그녀가 수도원장의 공공연한 정부(情婦)임은 부인할 수 없다.

"사내아이를 낳았습니다. 이제 저와는 상관없지만."

노턴의 앤이 호흡을 가다듬어 잠깐 숨을 돌린 뒤 입을 열었다. "아주 기쁘셨겠네요."

"나중에 시간을 내주시면, 그 일에 대해 따로 말씀드리도록 하겠습니다."

"당신은 뛰어난 화가이십니다. 자신의 예술을 추구하는 분이시죠. 그러니 존, 기억하세요. 누구도 당신의 예술을 시샘할 순 없을 거예요. 세상을 떠나신 뒤에도."

"지당하신 말씀입죠! 전 저의 예술을 갖고 있습니다. 그리고 하느님은 아시죠, 저 역시 누구도 시샘하지 않는다는 걸요."

"적어도 그 점에 관해선 하느님께 감사를 드리세요." 늘 가슴을 앓으며 수도원장을 좇던 그녀의 움푹 들어간 눈이 존을 바라보고 있었다. "이 보석을 소중히 간직하도록 할게요." 그러고는 목걸이를 매만지며 말을 이었다. "제가 살아 있는 한 언제까지나."

"제가 당신께 그걸 드린 것도 그 때문입니다." 그 말을 남기고 존은 자리를 떴다. 그녀가 목걸이를 가지게 된 경위를 수도원장에게 전했을 때, 수도원장은 아무 말도 하지 않았다. 그러다가 존이 수도실에 넘겨준 약품들을 토머스와 함께 살펴보던 수도원장은 병원 주방 굴뚝 뒤편에 놓인 한 덩어리의 말린 양귀비 즙을 발견하고는 존에게 말했다. "이건 육체의 고통을 모두 없애 버리는 힘을 갖고 있다네."

"저도 그 위력을 본 적이 있습니다." 존이 말했다.

"하지만 영혼의 고통을 치유하는 약도 하나 있지. 신의 은총을 제외하고 말일세. 그건 바로 인간의 기술이나 지식, 혹은 자신의 마음에 내재하면서 그 마음을 유용하게 만드는 무엇이지."

"저도 그런 걸 갖게 되겠지요." 존이 대답했다.

다음 날 존은 5월의 쾌청한 한낮을, 수도원의 돼지 사육사와 함께 숲 속에서 돼지들을 살피며 보냈다. 그러고는 온갖 봄꽃들을 가득 담아 돌아와서는 필사실 북쪽 퇴창 아래에 그 꽃들을 가지런히 내려놓고는, 스케치북 위에 왼쪽 팔꿈치를 올려놓고 성 루가를 그리던 지난 시간들을 회상하고 있었다.

한참 뒤 원로 필경사인 마틴 형제가 와서 작품이 어떻게 되어 가냐고 거리낌 없이 물었다. 그는 2주에 한 번 정도 같은 질문을 하곤 했다.

"보시다시피!" 존이 연필로 제 이마를 톡톡 두드렸다. "몇 달은 꼬박 기다리셔야 보실 수 있을 겁니다. 그것도 하느님께서 도와주셔야지요! 한가하신 모양이네요, 일은 다 끝내셨나요, 마틴 형제님?"

마틴 형제가 고개를 끄덕였다. 부르고스의 존이 돌아온 것은 그에겐 가슴 뿌듯한 일이었다. 일흔이라는 고령에도 불구하고 성경 필사를 진정으로 위하는 그에게는 그보다 더 반가운 일은 없었다.

“이걸 한번 보시겠어요?” 존이 새 송아지 피지를 펼쳐 보였다. 얇고 흠 하나 없는 피지였다. “여기서 파리까지 다 뒤져도 이만한 건 없을 겁니다. 직접 냄새를 맡아 보세요. 제게 제도기를 주시면 형제님 앞에다 이걸 펼쳐 드리겠습니다. 만약에 형제님께서 쓰신 글자 중에 하나라도 더 밝거나 어두운 게 있다면, 그건 형제님께서 피지를 찔렀다는 것이니, 그러면 돼지한테 하듯이 형제님도 찔러 버릴 겁니다.”

“그러지 말게, 존!” 노인은 환하게 미소를 지었다. “하지만 어디 해봄세! 자, 따라오게! 여기, 그리고 여기, 내가 피지를 찌르게 된다면 머리카락 두께만큼의 높이가 생길 걸세. 자, 루가복음 8장 31절에서 32절을 큰 소리로 읊어 보게나.”

“그러죠! 가다렌의 돼지들! 마귀들은 자기들을 지옥에 처넣지는 말아 달라고 예수께 애원하였다. 마침 그곳 산기슭에는 놓아기르는 돼지 떼가 우글거리고 있었는데…….” 마틴 형제가 복음서를 모두 암기하고 있다는 걸 존은 잘 알고 있었다.

“제대로 알고 있군! 그다음은 ‘그리하여 주께서 그들을 용서하시니.’ 서두르지 말게나. 나의 막달라 마리아가 내 가슴에서 떨어져 나갈지도 모르니까.”

마틴 형제가 일을 너무도 완벽하게 해내는 바람에 존은 수도원장의 주방으로 가서 부드러운 사탕 몇 개를 슬쩍해 와 그에게 주었다. 사탕을 먹고 난 노인은 후회와 고백과 참회를 늘어놓았다. 진정으로 죄인에 이르는 길은 오직 하나밖에 없다고 알고 있는 수도원장이 그에게 알베르투스 마그누스의 《식물지》를 정확한 사본으로 만들도록 한 일 때문이었다. 그 일로 분위기 음산한 시토 수도회로부터 텍스트를 빌려 와야 했는데, 선선히 내주지 않은 것도 그렇지만 그 알아보기 힘든 텍스트를 베끼느라 마틴은 눈코 뜰 새 없이 바쁜 나날을 보내야만 했다. 그때 마침 존이 특별히 비워 놓은 공간에다 글씨를 써달라고 그에게 청을 했던 것이다.

"아니 이제 보니 마틴 형제께서 자네로 인해 고행을 겪고 계시잖나!" 부선창자 클레멘트가 마침맞게 나타나 말했다.

"그런 게 아니야……. 어디까지나 나의 성 루가를 위한 거야. 원장님 요리사에겐 손을 써놨네. 주방 사람들이 다 알도록 해놨으니까 그 사람, 다시는 입도 뻥긋하지 않을 걸세."

"인정머리 없기는! 그러니 수도원장이 자넬 눈 밖에다 놓으시지. 자네가 돌아온 뒤로는 눈길도 주지 않으시지 않나. 만찬에 부르시지도 않고."

"난 바쁜 몸일세. 수도원장은 빈틈이 없으신 분이라 내가 바쁘다는 걸 이미 알고 계셔서 그러셨을 거야. 어쨌든 클레멘트, 더럼❖에서 토레❖❖까지 자네만 한 사서는 단 한 명도 없어."

부선창자는 경계하듯 그를 노려보았다. 존의 번지르르한 칭찬이 대체로 어떻게 끝나는지를 잘 알고 있었기 때문이다.

"하지만 필사실 밖으로 나가면……."

"난 다른 데로는 안 가네." 부선창자는 정원을 파헤치는 일조차 저어하는 위인이었다. 책을 제본하는 자신의 귀중한 손을 망칠 수 없다는 게 이유였다.

"필사실 밖으로 나가면 자넨 기독교 제국의 바보스런 장인에 불과해. 날 믿어 보게, 클레멘트. 난 많은 걸 봤어."

"자넬 믿네. 자네가 하는 말은 무엇이든." 클레멘트 수도사는 상냥하게 미소를 지었다. "비록 자넨 날 합창단 소년보다 나을 게 없다고 생각하지만."

그때 회랑 아래쪽에서 선창자가 머리칼을 쥐어뜯으며 지르는 비명 소리가 들려왔다.

"하느님은 그대를 사랑하시네! 나 또한 그렇고! 자넨 모를 거야. 자네에게 안료를 갖다 주려고 내가 여행 중에 매일매일 어떤 거짓말을 늘어놓으며 그것들을 훔쳐 냈는지를. 살인을 했다고 해도 자네야 알 바 아니겠지만……."

"그렇긴 하네만," 클레멘트는 양심에 찔린다는 듯 말했다. "난 가끔 생각한다네. 내가 속세에, 신이 금지한 그곳에 살고 있

<hr>

❖ 영국 동북부의 주이자 그 주의 주도.
❖❖❖ 이탈리아 남서부의 도시.

다면, 몇 가지 물건에 관해서만은 엄청난 도둑이 되었을 거라고.”

그의 말에 마틴 형제조차 그 끔찍한 《식물지》 너머로 꾸부정한 목을 빼며 웃음을 터뜨렸다.

＊　＊　＊

그러던 한여름의 어느 날, 수도원 부설병원 간병사 토머스가 존에게 그날 저녁에 있는 수도원장의 만찬에 참석하라고 했다. 완성한 성 루가의 그림도 가져오라 하셨다면서.

“왜 그러실까?” 존이 물었다. 그는 자신의 작품을 완전히 밀봉해 놓은 상태였다.

“늘 그렇듯 그분의 지식 자랑을 위한 만찬들 중 하나일 뿐일세. 자넨 그저 자리나 지키고 있으면 되네.”

“그럴 테지. 그깟쯤이야, 뭐. 하지만 혹시 원장이 따로 바라는 거라도……?”

“윗도리에 붙은 모자를 푹 뒤집어쓰고 있으면 그만이라니까. 살레르노❖에서 의사 한 분이 오신다는데…… 로저라는 이탈리아 사람일세. 외과 수술로 유명하신 명석한 분이지. 예전에 10여 일간 부설병원에 머무신 적이 있었는데, 그때 나 같은 사람에게

....

❖ 이탈리아 남서부의 항구 도시.

✝ 140 ✝

많은 도움을 주셨지."

"전혀 못 들어 본 이름이군. 하긴 우리 스티븐 원장이야 종교인 이전에 언제나 의사였으니까……."

"앤 부인이 얼마 전부터 병을 앓고 있다네. 로저 씨가 온 게 바로 그 때문일 걸세."

"그래? 그리고 보니 나도 한동안 앤 부인을 보질 못했구먼."

"어디 앤 부인뿐인가. 자넨 오랫동안 아무도 보지 않았네. 그녀는 한 달 가까이 집에만 있었다더군. 외국으로 보내야 할 모양이야."

"그렇게나 안 좋단 말인가?"

"로저 씨는 자기 생각을 쉽게 털어놓진 않을 걸세. 하지만……."

"가엾은 스티븐 원장! 그럼 만찬에선 누가 그분 옆에 앉지?"

"옥스퍼드 대학 교수로 있는 탁발수도회의 수도사라네. 공교롭게도 그 사람 이름도 로저인데, 학식이 높고 유명한 철학자시지❖. 그 사람 역시 두주불사, 아무리 마셔도 끄떡없다고 하더군."

"스티븐 원장까지 세 박사가 모이는 게로구먼. 무신론자 둘 정도야 늘 보아 왔지만……."

토머스는 불편한 표정을 지으며 그를 노려보고는 더듬거리며

<hr>

❖ 13세기 영국의 신학자이자 철학자인 로저 베이컨을 일컬음.

말했다. "말이 지나치네. 그런 언사는 삼가해 주게나."

"오호! 내 앞에서 수도사 티를 내려는 건가? 토머스! 자넨 11년 동안 성 일로드 수도원 부설병원의 간병사였지. 그리고 여전히 한 사람의 수사修士고. 그런데 어째서 그 오랜 세월 동안 교단의 일은 한 번도 맡질 않았을까?"

"난…… 난 그럴 만한 가치가 없었으니까."

"가치로 따지자면 새로 들어온 살찐 돼지보다 열 배는 더 낫지. 이름이 뭐였더라, 헨리? 부설병원 미사를 맡은 그 친구 말일세. 환자 하나가 피를 흘리며 잠깐 실신하자 자네 코앞에서 임종 성찬을 하자고 호들갑을 떨어 댔지. 그 바람에 결국 그 환자가 죽은 거야, 공포 때문에. 자네도 알고 있잖나! 그때 난 자네 얼굴을 봤었지. 교단의 일을 받아들이게나, 디두모.❖ 환자에게 붙들려 있는 한 자넨 병원 일을 더 많이 맡아야 할 거고 그럼 미사와는 더 멀어지겠지. 물론 환자들 수명이야 길어지겠지만."

"난 그럴 만한 가치가 없어…… 가치가 없다구." 토머스는 처량하게 같은 말을 반복했다.

"절대 그렇지 않아. 하지만…… 계속 그렇게 고집을 부린다면 자넨 운명을 주인에게 내맡긴 종 신세가 되고 말걸세. 이제

❖ 예수의 12사도 중 하나인 도마(영어명은 토머스)의 다른 이름으로, 여기서는 간병사 토머스를 가리킨다.

난 일거리는 잠시 미뤄 두고 무슨 학파의 철학자들인지는 모르
겠지만 그들과 술이나 한잔하러 가야겠네. 근데 말이야, 토머
스." 그가 달콤하게 속삭였다. "해 떨어지기 전에 자네 병원에서
뜨거운 물로 목욕을 좀 할 수 있을까?"

✻　✻　✻

더할 나위 없이 맛있고 다양한 음식들로 차려진 수도원장의
만찬이 끝나고 술이 잔뜩 달린 식탁보가 거두어지자, 소小수도원
장이 교황의 전문을 전달했다. 거기에는 수도원 내 모두가 금식
제를 행하라는 교지가 적혀 있었다. 교황의 전문은 '아침 기도
시간(제1시과)에 맞춰 종을 치도록 하라'는 쪽지와 함께 정중히
돌려보내졌다. 그러고 나서 수도원장과 손님들은 더위를 식히려
고 위층 회랑으로 올라가 창틀을 따라 걸음을 옮겼다. 트리포리
움✻의 남쪽 성가대석에 이르렀을 때, 저녁 6시가 가까웠는데도
한여름의 태양은 여전히 타오르고 있었다. 하지만 여느 때와 마
찬가지로 수도원 예배당은 어둠에 잠겨 있었다. 햇살은 10여 미
터 아래쪽, 성가를 연습하고 있는 사람들을 비추고 있었다.

"우리 수도원의 선창자는 저이들을 쉴 틈 없이 몰아붙이죠."

....

✜ 교회 입구의 아치와 지붕 사이.

✝ 알라의 눈 ✝

수도원장이 낮은 목소리로 속삭였다. "이쪽 기둥에 서 계시면 그 몰아붙이는 소리를 들을 수 있을 겁니다."

"똑똑히 기억하라고!" 선창자의 사나운 목소리가 들려왔다. "이 노래는 사악한 세상으로 쳐들어가는 베르나르❖의 영혼의 노래라는 걸 명심해! 더 과감하게 표현하고 노랫말도 명확하게 뱉으란 말이야. 저 하늘 꼭대기까지 닿도록! 자, 다시!"

그 말이 떨어지기 무섭게 오르간이 홀로 맹렬히 울리기 시작했다. 그러자 〈속세의 능멸에 대하여〉의 그 무시무시한 첫 행이 하나로 결집된 우렁찬 목소리로 때려 부술 듯 요란하게 울려 나왔다.

"세상은 지극히 악하도다. 이제 때가 왔노니……." 한동안 흐느끼는 듯한 침묵이 흐르더니, 어둠을 뚫고 은제 트럼펫보다 더 맑은 소년의 소리가 울려 퍼졌다.

"깨어나, 다시 잠들지 말라." 오르간과 목소리들이 한데 얽혀 경고와 공포를 자아내다가 음색이 서곡풍으로 바뀌면서 "심판의 날이 가까웠으니……"라는 대목으로 매끄럽게 빨려 들어갔다.

"그만! 다시!" 선창자가 고함을 질렀다. 그러면서 그는 연습할 때 더 자연스럽게 불러야 하는 이유를 늘어놓았다.

"오, 가엾은 인간의 저 허영심이라니! 저 사람은 우리가 여기

❖ 프랑스의 수도사이자 시인인 모를레의 베르나르.

있다는 걸 알고 더 저러는 거요. 갑시다!" 수도원장이 말했다. 그 시간에 노턴의 앤 역시 트리포리움에서 좀 떨어져 있는 어둠 속 이동식 의자에 앉아 노랫소리를 듣고 있었다. 그녀 곁에는 살레르노의 로저 씨가 서 있었다. 존 역시 그 가까이에서 그녀의 흐느끼는 소리를 듣고 있었다. 되돌아 나오는 길에 존은 토머스에게 그녀의 건강 상태를 물었는데, 토머스가 미처 대답하기도 전에 날카로운 인상의 이탈리아 의사 로저 씨가 둘 사이에 끼어들더니 토머스에게 말했다. "그녀와 얘기를 나눈 끝에, 그녀에게 해줄 수 있는 가장 좋은 말이 무언지 판단이 섰습니다."

"그게 뭡니까?" 존이 에두르지 않고 물었다.

"이미 그녀도 알고 있다는 거지요." 살레르노의 로저가 던진 그 말은, '여자들이란 세상 모든 것에 대해 알고 있다'는 뜻을 가진 그리스의 명구名句를 그대로 인용한 것이었다.

"전 그리스어를 할 줄 모릅니다." 존이 뻣뻣한 자세로 말했다. 살레르노의 로저는 만찬에서 이미 그 잘난 면모를 선보인 바 있었다.

"그러면 라틴어로 할까요? 오비디우스는 이런 식으로 간명하게 말했죠. 'Utque malum late solet immedicabile cancer(치료가 불가능한 암은 모든 곳으로 전이되는 습성이 있다).'❖ 나머지는

....

❖ 오비디우스(BC.43~AD.17)의 《변신 이야기》에 나오는 대목.

수도사님께서 더 잘 아시리라 믿습니다."

"이런! 제가 학교에서 익힌 라틴어 실력으로는, 아픈 여자들을 치료하겠다고 공언하는 바보들의 말이라고밖에 해독할 수가 없네요. 호쿠스 포쿠스❖……. 나머지는 선생님께서 잘 아시리라 믿습니다."

살레르노의 로저는 일행들이 식당으로 다시 모일 때까지 더 이상 아무 말도 하지 않았다. 식당에는 불이 잘 지펴져 있었고, 식탁 위엔 대추야자와 건포도, 생강, 무화과, 계피향 사탕이 차려져 있었다. 뒤편의 보조 탁자에는 고급 포도주들이 놓여 있었다. 자리에 앉아 있던 수도원장이 반지를 빼 빈 은잔 속으로 떨어뜨리자 땡그랑, 하는 소리가 울려 퍼졌다. 그는 화로를 향해 발을 쭉 뻗고는 반원통형 지붕에 새겨진 금박 입힌 커다란 장미를 올려다보았다. 수도원의 하루 일과를 마감하는 저녁 기도 시간부터 다음 날 일과의 시작인 아침 예배 시간까지의 대묵언 시간이, 그들을 조용히 둘러싸고 있었다. 짧고 굵은 목을 가진 탁발수도회의 수도사는 한 줄기 햇살이 수정 소금통으로 빗겨 떨어지는 것을 보고 있었고, 로저는 국내외에서 공히 난제로 떠오른 반점열 증세에 대해 토머스와 토론을 재개했다. 존은 수도원장의 날카로운 옆모습을 주의 깊게 관찰하며 손을 가슴으로 가

❖ '수리수리 마수리' 식의, 마술사들이 아무 의미 없이 외우는 주문.

저갔다. 성 루가를 그리는 동안 남다른 주의력을 발휘했던 존을
보아 왔던 수도원장은, 승낙한다는 뜻으로 고개를 끄덕였다. 존
이 급히 은필❖과 스케치북을 꺼냈다.

"글쎄요…… 겸손도 그 정도면 충분하지 않을까 싶은
데……. 당신 생각은 어떠신지 말해 보시구려." 살레르노의 로
저가 간병사 토머스에게 대답을 종용하고 있었다. 예의상 외국
인과의 대화에서는 공식적이고 풍부한 의미를 풍기는 친교용 라
틴어가 사용되고 있었다. 토머스는 특유의 유순하면서도 더듬거
리는 말투로 얘기를 시작했다.

"바로의 〈농업에 대하여〉❖❖에 나오듯이 눈으로 식별할 수 없
는 작은 동물들이 코와 입을 통해 몸으로 들어와서 심각한 질병
을 일으키는 게 아니라면, 도대체 열병의 원인이 무얼까 저로선
의아하지 않을 수가 없었습니다. 다른 한편으로는, 그에 대해 성
경에 아무런 언급이 없다는 것도 마음에 걸렸고요."

살레르노의 로저는 성난 고양이처럼 머리와 어깨를 세웠다.
"항상 이런 식이지!" 그의 말에 존이 얇은 두 입술을 꽉 다물며
비틀었다.

"마음을 편히 갖게나, 존." 수도원장이 화가를 향해 미소를

<hr>

❖ 끝에 용해된 은이 붙은 금속필로, 연필이 생기기 전 연필의 용도로 쓰인 물건.
❖❖ 마르쿠스 테렌티우스 바로(BC.116~27)의 농업에 관한 저술.

던졌다. "매일 두 시간씩, 하던 일을 멈추고 우리가 하듯이 기도를 올리게. 베네딕트 성자❖는 바보가 아니었어. 두 시간이면 눈이나 손을 편히 쉬기 충분한 시간이지."

"필경사들에겐…… 꼭 맞는 말씀입니다. 마틴 형제의 경우엔 한 시간만이라도 쉬게 한다면 더할 나위가 없겠지요. 하지만 그분은 일단 일을 맡으면, 일이 그를 놓아 줄 때까지 계속할 수밖에 없습니다."

"그래요, 그게 바로 소크라테스의 악령이라는 거요." 옥스퍼드 대학의 탁발수도회 수도사가 잔을 들어 올리며 낮지만 굵은 목소리를 흘렸다.

"독단은 신념으로 기우는 법이지요." 수도원장이 말했다. "'유한한 인간이 조물주보다 더 위대하단 말인가?'라는 물음을 명심하세요."

"사실을 말함에 위험을 걱정해서야." 탁발수도사가 불쾌한 듯 맞받았다. "적어도 인간은 자신의 예술이나 사상을 드러낼 때 고통을 겪을 수밖에 없지요. 교회는 그런 인간의 의사 표시에 뭐라고 말합니까? '안 돼!' 언제나 그렇게 말하죠. '안 돼!'라고."

❖ St Benedict(480~543). 베네딕트회의 설립자. 그는 하루 중 취침과 식사를 제외한 열네 시간을 세 개로 나누어 공동 기도에 네 시간, 독서 혹은 개인적 기도에 네 시간, 손을 움직이는 작업 혹은 기술을 습득하는 데 여섯 시간을 할애하는 규정을 만들었다.

한편 살레르노의 로저는 토머스에게 이렇게 말하고 있었다. "그러나 만약 바로의 그 작은 동물들이 우리 눈에 보이지 않는 거라면, 치료에 더 가까이 갈 수 있는 방법은 무어라 생각하시오?"

"실험이죠." 탁발수도사가 갑자기 그들에게로 얼굴을 돌리며 말했다. "원인을 찾기 위해서는 실험을 해야죠. 결과가 없으면 원인도 없어요. 하지만 교회는……."

"에이, 무슨 말씀을 그렇게!" 살레르노의 로저가 바늘 끝에 신선한 미끼를 매달아 던졌다. "들어 보시오! 귀족들, 교회의 주교들, 우리의 왕자님들은 이탈리아의 길 위에다 온갖 시체를 흩뿌렸어요. 그들의 즐거움이나 분노의 대가로 말입니다. 아름다운 주검들! 그러나 내가…… 우리가…… 의사들인 바에는 그 시체들 가운데 하나를 끌어다 피부를 벗겨 내서 신이 만들어 낸 조직의 이면을 들여다볼 것이 빤한 일인데, 그러면 그걸 보고 교회가 무어라 합니까? '신성을 모독했도다! 너의 돼지나 개에게 그렇게 하라. 그러지 않으면 화형을 시킬 테니!' 이러지 않습니까?"

"사실은 교회만이 아니지요!" 탁발수도사가 끼어들었다. "우리가 가는 모든 길이 막혀 버렸어요. 천 년 전에 죽은 어떤 사람의 말에 의해서 말입니다. 도대체 아담의 어떤 아들이 한마디의 독단으로 진실의 문을 닫아 버릴 수가 있습니까? 저의 위대한 스승이신 피터 페레그리누스❖ 선생님조차 예외가 아닐 겁니다."

"아이기나의 폴❖❖ 역시 예외가 될 수 없지요." 살레르노의 로저가 소리를 높였다. "들어 보십시오, 여러분들! 이 상황에 딱 맞는 게 하나 있어요. 아풀레이우스❖❖❖가 단언했었지요. 만약 어떤 사람이 단식 중에 미나리아재비의 이파리를 잘라 즙을 내 먹었다면, 그건 '파렴치한 일'이다, 그랬단 말입니다." 그는 짐짓 겸손한 태도로 존에게 고개를 까닥해 보이고는 말을 이었다. "그래 놓고 그는, 그 사람의 영혼은 그의 몸을 웃으면서 떠났다, 라고 했단 말이죠. 이제 이 말은 진실보다 더 위험한 거짓말이 되고 말았어요. 어떤 종류의 진실이 이 안에 들어 있기 때문이지요."

"신났군!" 수도원장이 단념한 듯 속삭였다.

"입이 타들어 가고 물집이 생기고 비틀어지는 게 그 약초즙 때문이란 걸, 저는 실험으로 압니다. 또한 미나리아재비 속屬의 약초들에 강하게 중독이 되었을 때 일그러진 미소나 거짓 웃음 같은 게 얼굴에 나타난다는 것도 압니다. 그런 경련은 확실히 웃음을 닮았어요. 제 판단으로는, 중독을 일으킨 사람의 몸을 보고

<hr>

❖ Peter Peregrinus. 13세기 프랑스의 철학자이자 의학자. 로저 베이컨이 《제3서》에서 지식과 기술을 풍부하게 갖추었던 학자이자 실험가로 상찬한 인물.
❖❖ Paul of Aegina(625~690). 그리스의 외과의사로 《의학 개론》을 저술했다.
❖❖❖ Apuleius. 2세기 고대 로마의 시인이며 철학자이자 수사학자.

아풀레이우스는 재빨리 써내려 갔을 겁니다. 그 사람은 웃으면서 떠났다, 라고 말이죠."

"우리가 여기 있는 건 관찰을 하기 위해서도 아니고, 실험을 통해 그 관찰을 확정하기 위해서도 아닙니다." 탁발수도사가 찌푸린 얼굴로 대꾸했다.

스티븐 수도원장이 존을 향해 눈썹을 치켜 올리면서 그에게 물었다. "그대 생각은 어떤가?"

"저는 의사가 아닙니다." 존이 대답했다. "하지만 이렇게 말하고 싶네요. 아풀레이우스는 그의 책을 필사하는 사람들에 의해 배신을 당했을 수도 있다고요. 필경사들은 난처한 상황을 모면하기 위해 손쉬운 방법을 쓰곤 하지요. 미나리아재비에 중독된 시체를 보고 아풀레이우스가 '영혼이 웃으면서 육체를 떠난 것 같다'라고 썼다고 한번 가정해 보십시다. 이 경우, 다섯 명의 필경사 가운데 셋은 '같다'라는 말을 빼버릴 거라는 게 제 생각입니다. 대체 누가 아풀레이우스에 대해 의문을 가지겠습니까? 그가 '같다'라고 표현했다면, '그렇다'라는 것과 동일한 거죠. 그렇지 않다면, 한낱 아이라도 잎을 잘라 낸 미나리아재비가 어떤 작용을 하는지 훤히 알고 있을 겁니다."

"약초에 대해 공부를 해봤소?" 살레르노의 로저가 퉁명스럽게 물었다.

"꼬맹이 시절 수녀원 학교에서 조금 배웠을 뿐입니다. 추운

밤에 기도하러 나가기 싫어서 미나리아재비즙을 발라서 입과 목 주변에 습진이 나도록 한 적이 있었죠."

"아! 난 속임수 같은 건 취급하지 않아요." 로저가 딱딱한 표정으로 받아쳤다.

"그건 그렇고! 자, 이제 그대만의 고유한 속임수를 보여 주게, 존." 눈치 빠른 수도원장이 끼어들었다. "여기 의사 선생들께 자네의 막달라 마리아와 가다렌의 돼지와 마귀들을 보여 드리게나."

"마귀들이라고요? 악마들? 난 약물의 도움을 받아 악마들을 만들어 냈었지요. 그리고 똑같은 방법으로 그것들을 없애기도 했습니다. 하지만 악마란 게 과연 인간과 떨어져 존재하는 것인지 인간 내면에 존재하는 것인지는 아직도 모르겠어요." 살레르노의 로저는 여전히 화가 나 있었다.

"당신이 감히 단언할 수 없는 문제지요." 옥스퍼드의 탁발수도사가 가볍게 던졌다. "교회가 그들의 고유한 마귀들을 만들어 내니까."

"완전히 그렇지만도 않아요! 우리의 존 수사가 스페인에서 여기로 올 때 갓 만들어진 놈들을 데리고 왔지요." 스티븐 수도원장이 송아지 피지를 존으로부터 건네받아 탁자 위에다 부드럽게 펼쳤다. 그것을 보려고 사람들이 모여들었다. 막달라 마리아는 그리자유(회색 단색 화법)를 사용해 창백하다 못해 투명하게 그려져 있었다. 그 뒤에는 여인의 얼굴을 한 악마들이 분노로 몸을 떨고 있었다. 어떤 것은 자신의 죄로 말미암아 완전히 바스러져 있었고, 어떤 것은 마리아의 몸에서 나오는 권위에 맞서 맹렬히 저항하고 있었다.

"이렇게 회색의 음영을 사용한 그림은 한 번도 본 적이 없네." 수도원장이 말했다. "어떻게 이런 놀라운 방법을 발견하게 되었지?"

"제가 발견한 게 아닙니다! 전 그저 있는 방법을 사용한 것뿐입죠." 존은 회색 단색 화법이 자기 세대 때부터 사용된 것인지, 그보다 앞서 사용된 것인지는 모르고 있었다.

"마리아가 이토록 창백한 것은 무슨 이유요?" 탁발수도사가 물었다.

"사악한 기운이 그녀로부터 모두 빠져나왔기 때문입니다. 이제부터 제 빛깔을 찾게 되는 거지요."

"오, 유리잔을 통과하는 햇빛처럼! 알겠소."

살레르노의 로저는 입을 꾹 다문 채 그림을 살펴보고 있었다. 그의 얼굴이 점점 그림 가까이로 다가갔다. "확실하군." 마침내 그가 입을 열었다. "간질 발작을 일으킨 거요……. 입, 눈, 이마…… 심지어 손목까지 늘어져 있는 걸 보시오. 모든 게 발작을 증명하고 있어! 저런 여자에겐 각성제가 필요하지. 그 뒤엔 잠을 재워야 할 거고. 양귀비즙은 안 돼요. 그걸 먹였다간 깨어 있는 동안 계속 토하게 되니까. 그런 뒤엔…… 아니야, 가르치려 들다가 또 무슨 싫은 소릴 들으려고." 그는 허리를 꼿꼿하게 펴더니 말했다. "그대가 우리의 초대에 응해 주었으니, 아이스쿨라피우스❖의 눈을 갖길 바랄 뿐이오!"

두 사람은 협상을 맺듯 손을 맞잡았다.

"그러면 일곱 개의 마귀에 대해선 어떻게 생각하십니까?" 수도원장이 물었다.

그림 속 일곱 마귀는 인광을 띤 녹색에서 닳고 닳은 사악함을 드러내는 짙은 보라색까지 분노로 이글거리는 불꽃이 이는 몸속으로 빨려들고 있었다. 그것은 그들의 영혼이 그들의 몸과 함께 무너져 내리고 있음을 여실히 보여 주고 있었다. 하지만 온전한 삶을 되찾을 수 있다는 희망을 드러내듯, 그림의 외곽은 온통 봄꽃과 새들로 장식되어 있었다. 비스듬히 기울어진 노란 붓꽃 덤불 너머로는 왕관을 쓴 물총새 한 마리가 황급히 날아가고 있었다.

살레르노의 로저는 약초들과 결부시켜 그 약효가 지닌 가치에 대해 주로 떠들어 댔다.

"그러면 이제 가다렌의 돼지를 볼까." 스티븐 원장의 말이 떨

❖ Aesculapius. 그리스 로마 신화에 나오는 의술의 신 아스클레피오스를 가리킴. 호메로스의 책에는 인간이며 의사라고 되어 있으나 훗날의 전설에는 아폴론의 아들이라고 전해지고 있다.

어지자, 존이 탁자 위에 새로운 그림을 펼쳐 놓았다.

깃들어 살던 곳에서 쫓겨난 마귀들은 무無의 세계로 추방되는 것이 두려워 어떤 짐승의 몸에든 비집고 들어가기 위해 이리저리 날뛰며 법석을 떨고 있었다. 어떤 돼지는 느닷없는 마귀의 침범에 맞서 거품을 물고 몸을 뒤틀며 저항했고, 어떤 돼지는 이미 굴복한 채 달콤한 잠에 빠져 있었다. 다른 것들은 넋이 나가 연못 아래를 향해 소용돌이치듯 몰려가고 있었다. 한쪽 구석에는, 마귀들이 빠져나가 자유로운 몸이 된 남자가 원기를 회복한 듯 사지를 쭉 펴고 있었다. 그리고 의자에 앉아 있는 '우리의 주님'은 그 남자가 자신의 몸에서 어떻게 악령이 빠져나갔는지 과연 알기나 할까 궁금해하며 그를 지그시 바라보고 있었다.

"악마는 분명 악마인데!" 탁발수도사의 짧은 한 마디였다. "하지만 전혀 못 보던 것들이란 말이야!"

어떤 마귀들은 엽편과 돌기가 난 사악한 얼굴로 젤리처럼 물렁한 벽들을 들여다보고 있었다. 가족인 듯 보이는 한 무리의 초조한 표정의 마귀들도 있었다. 그중 억지웃음을 웃고 있는 아비의 배는 터져서 속이 훤히 드러나 있었고, 다른 것들은 어찌할 바를 몰라 먹이 주위를 맴돌고 있었다. 그 외의 마귀들은 혼자서, 혹은 떼를 지어 막대기, 쇠사슬, 사닥다리 모양을 만들어서는 비명을 지르는 돼지의 목과 턱을 파고들고 있었다. 어떤 돼지의 귓구멍으로는 훌륭한 안식처로 기어 들어가고 있는 악마의 날카롭고 매끄러운 꼬리가 튀어나와 있었다. 표면이 오돌토돌한 악마들은 거품이나 침처럼 한데 엉겨 붙은 채 잔혹할 정도로 맹렬하게 돼지를 향해 돌진했다. 그들의 눈은 미친 듯 달아나는 돼지의 등과 넋이 나간 얼굴, 그리고 돼지 떼를 모는 개의 공포에 찌든 표정을 응시하고 있었다.

살레르노의 로저가 입을 열었다. "이 그림은 약물에 취했다고밖에 말할 수가 없소. 합리적인 사고를 할 수 없는 상태에서 그려졌다는 말이오."

"아닙니다." 간병사 토머스가 나섰다. "그렇게만 보시면 안 됩니다……. 여기 바깥쪽에 그려진 것들을 봐주십시오!"

그림의 가장자리에는 불규칙하지만 균형 잡힌 마름모꼴의 칸막이 혹은 작은 방처럼 생긴 것이 있었는데, 거기엔 허공을 헤엄치거나 뒹굴고 있는 악마들이 그려져 있었다. 아직은 악에 물들지 않은, 무슨 일이 벌어지는지 가늠하지 못하고 있는 무심한 표정이었다. 그들의 모양은 서로 비슷했는데 사다리와 쇠사슬, 회초리, 마름모꼴, 이지러진 싹, 혹은 별처럼 음산하게 인광을 발하는 공 모양을 하고 있었다.

살레르노의 로저는 그것들을 기독교인의 마음에 도사린 막연한 공포심에 비유했다.

"두려움이라고요?" 옥스퍼드의 탁발수도사가 되물었다.

"모든 미지의 것은 공포로 인식하라."※ 로저가 경멸스런 어조로 이번에도 인용구를 던졌다.

"난 그렇게까지 생각하지는 않지만, 아무튼 저들은 대단하군…… 대단해. 내 생각은……"

탁발수도사는 그 정도에서 입을 다물었다. 그때 토머스가 끼어들려고 입을 반쯤 열다 말았다.

"말해 보게." 스티븐 원장이 그 모습을 보고 말했다. "여기 모인 의사는 모두들 한통속이니까."

"그럼 말씀드리겠습니다." 토머스는 마치 목숨을 건 듯 비장하게 자신의 의견을 던졌다. "여기 아래쪽에 있는 형상들은 저위쪽의 돼지들 사이에 끼어 있는 마귀들과 비교했을 때 그 모양과 형태가 그다지 끔찍하거나 위험하다고 볼 수 없습니다!"

"그럼 이건 뭘 뜻하는 거요?" 살레르노의 로저가 날카롭게 물었다.

"제 부족한 판단으로는, 화가가 그런 형상을 직접 보았을 수도 있다고 사료됩니다. 약물의 도움을 받지 않은 상태에서 말이죠."

"젠장…… 대체," 부르고스의 존이 단호하고도 거리낌 없이 말을 뱉었다. "누가 의심 많은 내 친구를 이토록 지혜롭게 만들

❖ 타키투스의 《아그리콜라 전기》에 나오는 '모든 미지의 것은 영광스러운 것으로 인식된다' 라는 말 중 '영광' 을 '공포' 로 바꾸어 표현했다는 뜻.

✝ 알라의 눈 ✝

었지?"

"내가 지혜롭다고? 지혜로운 건 존, 자네라네. 6년 전 겨울을 기억해 보게. 눈송이가 자네 소매 끝에서 녹아내리던 취사실 문 앞에서의 일을 말일세. 자넨 내게 조그만 수정✥을 통해 보여 주었지. 조그만 것을 커다랗게 만들어 주는 그 수정을 통해."

"그거 말이군. 무어인들이 '알라의 눈'이라고 부르는 유리 관." 존이 인정을 했다.

"자넨 녹아내린 눈송이의 입자를 보여 주었는데…… 여섯 갈 래였지. 자넨 그때, 그게 바로 자네의 문양이라고 분명히 말했 어."

"잘도 기억하고 있군. 당연히 눈송이는 여섯 갈래로 갈라져 있고, 난 그걸 격자무늬를 장식하는 데 자주 사용했지."

"녹아내리는 눈의 입자를 유리를 통해 보았단 말이오? 그게 뭐요? 미술 렌즈요?" 탁발수도사가 물었다.

"미술 렌즈? 난생처음 들어 보는 얘긴걸?" 살레르노의 로저 가 큰 소리로 말했다.

"존." 수도원장이 위엄을 가득 담아 말했다. "이제 설명을 해

<hr>

✥ a little crystal. 확대경, 혹은 현미경을 말하는데, 존이 그라나다를 여행하고 돌아 올 때 가져왔으리라고 추정할 수 있다. 하지만 소설 속에서는 이것을 '현미경'이라고 하지 않고 딱 한 번 존의 입을 통해 '알라의 눈'이라고 언급할 뿐, 모양이 비슷하다는 점에서 필경사들이 쓰는 '제도기compasses'로 부르고 있다.

보시게…… . 그림에 대해서 말일세.”

“어느 정도는 토머스가 제대로 보았습니다.” 존이 대답했다. “이쪽 구석의 형상들은 위쪽의 악마들과는 달리 정형화된 양식으로 그려진 겁니다. 그리고 살레르노 님, 우리는 결코 약물 따위에 의지하지 않습니다. 손과 눈을 망가뜨리니까요. 제가 그린 형상들은 있는 그대로입니다. 자연 그대로라는 뜻이죠.”

수도원장은 그를 향해 장미수가 담긴 주발을 들어 보였다. “내가 만수라 전투에 참가했다가 사라센의 감옥에 수감되어 있을 때였지요.” 그는 기다란 소매를 접어 올리며 얘기를 시작했다. “그곳에 어떤 마술사들이 있었는데…… 의사들이라고 해야 할까…… . 아무튼 그들은,” 그는 가운뎃손가락을 우아한 동작으로 장미수에 담갔다. “지옥의 하늘을 보여 줄 수 있는 사람들이었지요. 그러니까,” 그는 반짝거리는 자신의 손톱 위로 장미수 한 방울 떨어뜨리고는 말했다. “이것처럼 아주 작은 물방울 안에서 말입니다.”

“하지만 그 물은 오염된 물입니다. 깨끗하지가 않다는 겁니다.” 존이 말했다.

“우리한테 보여 주게나…… 샅샅이…… 모든 걸.” 스티븐 수도원장이 말했다. “내가 확신할 수 있게…… 다시 한 번.” 수도원장이 공식적인 어투로 말했다.

존은 품에서 인장이 새겨진 가죽 상자 하나를 꺼냈다. 그 안에서 뭔가를 끄집어냈는데 15~20센티미터 정도 길이에, 오래된 회양목에 은을 감싼 제도기처럼 보이는 물건이었다. 작은 다리 부분을 열었다 닫았다 할 수 있게 위쪽에 나사가 하나 박혀 있었고, 두 다리는 끝은 뾰족하지 않고 숟가락 모양으로 둥글었다. 한쪽에는 직경이 1센티미터도 되지 않는 금속 구멍이 뚫려 있고, 다른 쪽에 뚫린 구멍의 직경은 1센티미터가 좀 넘었다. 존은 그것을 비단 천으로 조심스럽게 닦은 뒤에 직경 1센티미터가 넘는 구멍 속으로 금속 원통을 끼워 넣었다. 얼핏 양쪽 끝에 유리나 수정이 붙어 있는 것처럼 보였다.

"오! 아까 말한 그 미술 렌즈로군!" 탁발수도사가 말했다. "근데 그 사이에 있는 게 뭐요?"

그가 물은 것은 회전이 자유로운 작고 얇은 은판으로 플로린 금화*보다 크지 않으며 광택이 나는, 빛을 끌어당겨 더 작은 구멍 안으로 빛을 모으는 구실을 하는 것이었다. 존은 탁발수도사가 도우려고 내민 손을 은근히 저지하며 그것을 조절했다.

"이제 물방울을 살펴보도록 하죠." 그는 조그마한 붓을 집어들며 말했다.

"위층의 회랑으로 가시지요. 거기라면 아직 햇볕이 남아 있을 테니까." 수도원장이 자리에서 일어나며 말했.

....

❖ 1252년 이탈리아의 피렌체에서 발행된 금화.

　사람들은 수도원장의 뒤를 따라나섰다. 회랑으로 가는 길 중간에 도랑에서 떨어진 물방울이 낡은 돌 위에다 녹색의 웅덩이를 만들어 놓은 곳이 있었는데, 존은 무척 조심스럽게 그 웅덩이의 물을 찍어 제도기의 다리에 붙은 작은 구멍 안으로 한 방울을 떨어뜨렸다. 그러고는 갓돌 위에다 제도기를 고정시키고는 나사를 작동시키자 원통이 회전했다. 그는 원하는 상이 잡힐 때까지 거울의 회전판 이음새를 이리저리 움직였다.

　"됐습니다." 그는 원통을 통해 안을 들여다보며 말했다. "제가 그린 형상들이 다 나타나 있군요. 이제 보십시오, 선생님들! 만약 보이지 않으면 눈금이 새겨진 이 부분을 돌려 보십시오. 왼쪽이나 오른쪽으로요."

　"난 아직 잊지 않고 있다네." 수도원장이 맨 먼저 자리를 잡고 앉으며 말했다. "그래! 여기 있군그래. 예전에 봤던 그대로…… 그대로야. 자네는 이것들은 끝이 없다고 얘기했었지. 과연 끝이 없어!"

　"해가 곧 질 거요. 제발 나도 좀 보게 해주시오! 보고 싶어 미치겠소, 나 참!" 탁발수도사는 수도원장을 어깨로 거의 밀쳐 내다시피 하며 애원했다. 수도원장이 그에게 자리를 내주며 물러났다. 그의 두 눈은 자신이 방금 본 것을 아득히 좇고 있었다. 하지만 정작 탁발수도사는 들여다볼 생각은 않고 재바른 손길로 회전판을 돌려 댔다.

✝ 알라의 눈 ✝

"안 됩니다, 그러면 안 됩니다." 존은 탁발수도사가 나사를 마구 돌리는 걸 제지했다. "로저 박사님께서 보실 수 있도록 넘겨주시죠."

일단 제도기에 눈을 대자 로저는 거기서 눈을 떼지 못했다. 존은 불그레하던 그의 뺨이 하얗게 변하는 것을 보았다. 마침내 제도기에서 물러났을 때, 로저의 몸은 뻣뻣하게 굳어 버린 것 같았다.

"이건 새로운 세계요…… 새로운 세계……. 오, 하느님, 무심하기도 하시지! 이 늙은이는 어쩌란 말이오!"

"이번엔 토머스 차례요." 스티븐 수도원장이 명령하듯 말했다.

존은 간병사가 볼 수 있도록 그 물건을 조절했다. 간병사의 손이 떨리고 있었다. 그 역시 오래도록 장치에서 눈을 떼지 못했다. "살아 있어." 그의 갈라진 목소리가 흘러나왔다. "지옥이 아니야! 살아 있는 생명들이 환호하고 있어……. 조물주의 작품이로다. 살아 있다니, 꿈을 꾸는 것 같아. 꿈을 꾸는 거라면 죄가 아니겠지. 오, 하느님…… 죄가 아니겠지요!"

그는 갑자기 무릎을 꿇더니 너무도 흥분한 나머지 〈세 청년의 찬가〉*를 읊기 시작했다.

"자, 이제 어떻게 된 것인지를 제가 정확히 보도록 하겠습니다." 옥스퍼드의 탁발수도사가 다시 앞으로 나섰다.

"잘 살펴보도록 하세요. 눈과 귀를 집중시켜서요." 수도원장이 말했다.

탁발수도사를 제외한 일행들은 창틀 쪽으로 조용히 물러났다. 세상이 모두 저녁 햇살에 에워싸여 있었다. 예배당과 예배당, 수도원과 수도원, 수도실과 수도실, 그리고 거대한 성당이 한 덩어리로 얽힌 채 둑처럼 널따랗게 펼쳐진 일몰의 여울 속으로 가라앉고 있었다.

사람들이 다시금 식탁 뒤편의 자리로 가 앉았을 때, 홀로 떨어져 있던 탁발수도사가 박쥐처럼 어둠을 뛰어넘어 "알겠어! 알겠다고!" 하면서 같은 말을 되풀이했다.

"망가뜨리진 않으실 겁니다." 존이 말했다. 하지만 수도원장은 살레르노의 로저와 마찬가지로 탁발수도사를 노려보고 있었다. 간병사 토머스는 탁자 위에 이마를 댄 채 떨리는 두 손으로 머리를 감싸 쥐고 있었다.

존이 포도주 잔을 집으려고 팔을 뻗었다.

"내가 저걸 본 건," 수도원장이 혼잣말처럼 입을 열었다. "카이로에서였지. 두 개의 무한한 것들…… 엄청나게 큰 것과 지극히 작은 것…… 그 사이에 인간이 존재했지. 결국, 죽음이란 없

....

❖ 구약성서 다니엘서 3장에 나오는, 우상숭배를 거부하고 신으로부터 보호를 받은 세 사람을 위한 노래.

어…… 오직 살아 있을 뿐……. 그게 아니라면……."

"그리고 난 무덤가에 서 있지요." 살레르노의 로저가 으르렁 거리듯 말했다. "누가 나를 동정하겠소?"

"가만!" 토머스가 외쳤다. "작은 동물들을 정화시킨다면…… 그 죄를 깨끗이 씻어 낸다면 병이 치유되지 않을까요?"

"과장하지 말게." 부르고스의 존이 입술을 닦았다. "저건 그 저 사물의 모양을 보여 주는 장치일 뿐이야. 형상을 또렷이 보여 주는 것뿐이란 말이야. 내가 저걸 구한 곳은 그라나다였다네. 그 사람들은 저것이 동양에서 건너왔다고 분명히 말해 주었네. 기 독교 국가가 아니라."

살레르노의 로저의 얼굴에 노회한 웃음이 흘렀다. "그렇다면 우리의 신성한 교회는 뭐라고 말할 것 같소? 교단의 허락 없이 지옥이니 악마니 하는 것들을 몰래 보았다는 소리가 교단의 귀 에 들어간다면, 우리가 설 자리는 어디겠소?"

"위기에 처하겠지요." 수도원장이 말했다. 그러고는 짐짓 아 무 일 아니란 듯 툭 뱉었다. "들었습니까? 로저 베이컨, 들었어 요?"

탁발수도사가 그 제도기를 바짝 끌어안은 채로 창문 곁에서 돌아보았다.

"말해선 안 되지, 안 되고말고!" 그가 간청하듯 말했다. "팔 코디 추기경에게는 말하면 안 됩니다……. 교황의 오른팔이며 영락없는 영국인인 그에게는. 그는 물론 현명하고 학식이 높으며 내가 추천한 책들을 읽죠. 하지만 그는 결코 저걸 가만 놔두지 않을 겁니다."

"교황과 교회는 달라요." 로저가 또 인용문을 표절하며 말했다.

"하지만 난…… 난 저것이 단순한 마술이라고 생각하지 않아요. 증언도 할 수 있소." 탁발수도사가 말을 이었다. "저것이 미술 렌즈가 아니라면, 대체 무얼까요? 지혜란 시험과 실험을 거친 뒤에야 얻을 수 있는 거라는 걸 명심하세요. 난 증명할 수 있습니다. 그리고…… 내 이름은 생각할 용기를 가진 사람들과 함께할 겁니다."

"어디 그 사람들이나 찾아보시구려!" 살레르노의 로저가 빈정거리듯 말했다. "전 세계에 대여섯 명쯤 있을까. 화형에 처해지면 25킬로그램도 채 나가지 않을 테지요. 그렇게 자기 명을 재촉한 사람들을 본 적이 있지요."

"전 포기하지 않을 겁니다!" 탁발수도사가 격분과 절망에 휩싸인 목소리로 말했다. "빛을 등지는 것은 죄악이오."

"빛을 등져선 안 되지요! 우리가…… 바로의 작은 동물을 정화시킨다면 병을 치유할 수 있을 것입니다." 토머스가 말했다.

스티븐 원장은 몸을 수그려 컵에 떨어뜨려 놓았던 반지를 꺼내 다시 손가락에 끼웠다. "여러분들, 우리는 지금껏 보아 온 것을 봤을 뿐입니다."

"이제까지는 그림에서만 봤지, 이런 마술은 아니었소." 탁발 수도사가 항변했다.

"쓸 데 없는 일입니다. 교회가 인간에게 허락한 것 이상을 본 것이니……."

"하지만 저건 살아 있는 생명체였습니다. 조물주에 의해 창조된 것이 환희에 젖어 움직이고 있었습니다." 토머스가 말했다.

"방금 우리가 직접 증명하였듯이, 오직 사제들만 지옥을 들여다볼 수 있네."

"혹은 어떤 산파가 특별한 이유로 당신에게 보낸, 성인으로 추대된 파리한 동정남들만……." 살레르노의 로저가 말했다.

수도원장은 반쯤 손을 들어 그의 말을 제지하고는 이번에는 존에게 말했다.

"하지만 그 어떤 사제도, 지옥 안에서 교회가 아는 이상의 것을 발견하지는 못하네. 존, 마귀들에게만큼 교회에도 존경심을 가지게."

"제 일은 사물을 밖으로 드러내는 것이고," 존이 나지막이 말했다. "저는 저만의 방식을 가지고 있습니다."

"당신은 더 많은 것을 들여다봐야 하오." 탁발수도사가 존에게 말했다.

"저는 그렇게 하면서 계속 새로운 형태로 나아갈 것입니다."

"만약 우리가 도를 넘어 규율에 어긋나는 일을 한다면, 아니 그런 생각만 품는다 해도, 우리는 교회의 심판을 받을 것이오." 수도원장이 말했다.

그러자 살레르노의 로저가 공세로 돌아섰다. "하지만 그대도 알잖소, 알고 있잖소! 이 수도원에, 어둠에 싸인 세계가 있소이다. 나라 밖의 열병과 그대의 여인이 겪고 있는 질병까지 포함한 세계가!"

"나 역시 거기에 대해 생각했소, 살레르노! 절실하게 생각했단 말이오." 수도원장이 대꾸했다.

그때 간병사 토머스가 다시 고개를 번쩍 들고는 이번에는 전혀 더듬지 않고 말했다. "눈에 보이지 않는 작은 동물들은 틀림없이 물속에 있을 때, 그러니까 피 속에 있을 때 격렬하게 서로를 죽이려고 덤비는 것이 틀림없습니다! 전 지난 10여 년을 저것들을 꿈꿔 왔고, 그런 꿈을 꾸는 것이 죄라고 생각했었습니다. 하지만 저의 꿈과 바로의 꿈은 진실이었습니다! 다시 생각해 보십시오! 여기 우리의 손, 그 아래에 있는 빛을 말입니다! 우리가 본 것은 진실입니다. 눈에 보이지 않는 작은 동물을 정화하는 데 꼭 필요한 물건입니다."

"그 입을 다물라! 그대 역시 화형대의 불길 속에 놓인다면 다른 사람과 마찬가지 신세가 될 것이니, 입을 다물지 않으면 내가 그대를 고발하겠다. 교회가 만들고, 나 자신이 만든 심판대에다 그대를 세우겠다. 우리의 존은 무어인들로부터 여기로 돌아왔고, 제도기에 떨어진 한 방울의 물속에서 싸우고 있는 악마들의 지옥을 우리에게 보여 주었다. 그리고 이제 그 마술은 과거 속으로 사라질 것이다! 타는 장작 소리와 함께!"

"하지만 당신 역시 알고 있소! 당신의 두 눈으로 보았으니까! 불쌍한 영혼을 위해, 이 늙은 친구를 위해, 오, 스티븐……!" 탁발수도사는 간청하듯 말하며 자신의 품속으로 제도기를 감추려고 했다.

"나 스티븐이 알고 있는 것을, 내 친구인 그대 또한 알고 있지 않소. 그대에게 명하노니, 성 일로드의 수도원장에게 복종하시오. 그걸 내게 넘기시오!" 그는 반지 낀 손을 내밀었다.

"내게…… 그리고 여기 있는 존에게…… 이것의 나사 하나도 그려 놓지 못하게 할 거요?" 낙담한 탁발수도사는 넋이 나간 듯 말했다.

"절대로 안 되오!" 스티븐 수도원장이 그의 손에서 그것을 빼앗아 들었다. "그대의 단검을 주게, 존. 칼집에서 뽑으라고, 어서."

그러더니 수도원장은 그 금속 원통형 물건을 탁자 위에 놓고는, 단검의 손잡이로 그것의 유리 부분을 내려쳤다. 그는 반짝거리는 가루로 변해 버린 유리 조각들을 손으로 쓸어 모아 화로에다 던져 버렸다. 그러고는 말했다.

“우리의 선택은 이제 두 개의 죄 사이에 놓이게 되었습니다. 우리의 손 아래에 놓인 빛의 세계를 부인하거나, 빛이 있기 전부터 존재해 왔던 세계를 밝히거나. 여러분들이 본 것은, 오래전 카이로 의사들이 제게 보여 주었던 바로 그것입니다. 그리고 나는 그들이 거기서 어떤 독단을 끌어냈는지를 압니다. 꿈을 꾸었다고, 토머스? 나 또한…… 충만한 지식을 가지고 있었지. 하지만 이것이 태어나기엔, 오 친구들, 아직 때가 이른 것 같소. 이것은 더 많은 죽음과 고통과 분열, 그리고 이 어둠의 시대에 더 큰 어둠만 잉태시킬 것이오. 그러므로 나는, 내가 존재하는 세계와 교회를 모두 알고 있는 나는, 이 선택을 나의 양심에 맡기는 바입니다. 돌아가십시오! 만찬은 끝났습니다.”

그는 그 물건이 완전히 타버리도록 그것의 나무로 된 부분을 활활 타오르는 너도밤나무 장작들 사이로 깊숙이 밀어 넣었다.

✝ 알라의 눈 ✝

정원사

나 죽어 묻힐 무덤을 얻었도다.

신께서 심판의 날까지

천국에서 지켜보시다가

돌을 굴려서 치우시고 내 무덤을 마련해 주셨도다.❖

긴 세월의 어느 하루,

그 하루의 어느 시간,

신의 천사가 내 눈물을 보시고는

돌을 굴려서 치우시고 내 무덤을 마련해 주셨도다.

헬렌 터렐이 자신의 본분을 다하는 사람이며 하나뿐인 오빠의 불우하게 태어난 아이에게 더없이 훌륭한 보호자였다는 사실은, 마을 사람이라면 누구나 알고 있었다. 그리고 그녀의 오빠 조지 터렐이 어렸을 적부터 가족에게 얼마나 끔찍한 존재였는지도 널리 알려진 사실이었다. 그래서 인도 경찰 경감이었던 그가

....

❖ And rolled the stone away. 신약성서 마태복음 28:2, 마르코복음 16:4, 루가복음 24:2. '큰 지진이 나며 주의 천사가 하늘에서 내려와 돌을 굴려 내고 그 위에 앉았는데……'

수없이 연애를 시작하고 헤어지기를 반복한 끝에 퇴역한 하사관의 딸과 어찌어찌 얽혔다가 자기 아이가 태어나기 몇 주 전에 말에서 떨어져 죽었다는 소식이 전해졌을 때, 마을 사람들은 그다지 놀라지 않았다. 부모가 모두 돌아가신 터라 그 잘난 오빠의 남부끄러운 일을 고스란히 혼자 감당해 왔던 서른다섯의 미혼인 헬렌이 기꺼이 양육을 떠맡은 것은 아이에게는 참으로 다행한 일이었다. 당시 그녀는 폐가 좋지 않아 프랑스 남부로 요양을 가 있었다. 그녀는 뭄바이를 떠난 아이와 유모를 마르세유에서 만났다. 유모의 부주의로 아이는 이질에 걸린 상태였다. 부득이 유모를 해고할 수밖에 없었던 그녀는 손수 아이를 돌보았다. 그리고 그해 늦은 가을, 마르고 수척하지만 온전히 회복된 모습으로 그녀는 당당하게 아이를 데리고 개선장군처럼 햄프셔의 집으로 돌아왔다.

그녀와 관련된 이야기들은 시시콜콜한 것까지 사람들에게 모두 알려져 있었다. 헬렌은 대낮처럼 모든 것을 훤히 드러내고 사는 여자였다. 스캔들이란 숨기려 하면 더 커질 뿐이라는 게 그녀의 신조였다. 그녀는 오빠 조지가 천하의 망나니였다는 사실을 부인하지 않았고, 아이의 엄마가 양육권을 주장하고 나선다면 상황이 악화될 게 자명하다는 것도 알고 있었다. 다행스럽게도 아이 엄마 쪽 사람들은 돈으로 해결할 수 있을 것 같았고, 그녀로서도 이참에 그쪽 사람들과는 관계를 청산하고 자신이 전적으로 아이를 보살피는 게 옳다고 — 친구들 역시 그녀의 생각에 동의했다 — 생각했다. 성공회 사제로부터 마이클이라는 세례명을 얻는 것으로 그 첫걸음을 뗐다. 그녀는 줄곧 자신은 어린아이를 좋아하는 사람이 아니라고 말해 왔었다. 하지만 그녀는 조지를 — 그의 수많은 과오들에도 불구하고 — 무척이나 좋아했기에, 어린 마이클이 아빠를 쏙 빼닮은 것이 마음에 들었다. 역시 바탕은 무시 못할 것이었다.

마이클은 터렐 가문의 넓고도 낮고 반듯한 이마와 그 아래에 자리 잡은 커다란 눈을 정확히 재현하고 있었고, 입 모양은 터렐 가문 사람들보다 더 정돈되어 있었다. 아이의 모계에 대해서는 왠지 좋은 감정을 가질 수가 없었던 헬렌은, 마이클의 외모가 머리끝에서 발끝까지 터렐 가라는 걸 아무도 부정할 수 없을 거라고 확신했다.

몇 년 동안 마이클은 더없이 좋은 조건 속에서 성장했다. 헬렌도 인정할 만큼 늘 당당하고 생각이 깊으며 준수한 용모를 갖고 있었다. 여섯 살이 되었을 때, 마이클은 왜 자신은 다른 아이들처럼 그녀를 '엄마' 라고 부를 수 없냐고 물었다. 그녀는 자신이 고모이며, 고모란 엄마와 같을 수 없다고 설명했다. 하지만 그렇게 부르고 싶다면 잠자리에 들 때만큼은 평소에 부르는 애칭 대신 엄마라고 불러도 괜찮다고 했다.

마이클은 자기 출생의 비밀을 더없이 충직하게 지켰다. 반면 헬렌은 가끔 지인들에게 비밀을 털어놓곤 했는데, 어느 날 마이클이 그걸 듣고 말았다. 그는 격렬하게 분노를 터뜨렸다.

"왜 말했어요? 왜 말했냐고요!" 폭풍이 휘몰아치는 것 같았다.

"진실을 말하는 게 가장 좋은 거란다." 침대에 웅크린 채 부들부들 떨고 있는 그를 한쪽 팔로 감싸며 헬렌이 대답했다.

"무슨 뜻인지는 알겠어요. 하지만 추한 진실까지 밝히는 게 꼭 좋다고는 생각하지 않아요."

"그렇지 않아, 얘야!"

"그래요, 그렇지 않겠죠. 하지만……," 아이의 몸은 딱딱하게 굳어 있었다. "이렇게 된 이상, 더는 엄마라고 부르지 않을래요. 잠자리에 들 때도요."

"그건 너무 매정하잖니?" 헬렌이 부드럽게 말했다.

"상관없잖아요! 고모는 제 가슴에 상처를 줬어요. 꼭 되갚아 줄 거예요. 제가 살아 있는 한 고모의 가슴에 상처를 되돌려 줄 거라고요!"

"제발 그런 식으로 말하지 마라, 얘야! 넌 상처를 준다는 게 뭔지도 모르고……"

"꼭 그렇게 할 거예요! 제가 죽으면, 고모에겐 지독한 상처가 되겠죠!"

"그나마 다행이로구나. 네가 죽기 전에 내가 먼저 죽을 테니까, 내 사랑."

"홍! 에마 할머니가 한 말이 생각나네요. 할머닌 얘기했었죠. '운명은 결코 알 수 없는 거란다' 라고요. (마이클은 나부죽한 얼굴을 가진, 헬렌의 나이 많은 하녀 에마와 그런 얘기를 나눈 적이 있었다.) 많은 어린애들이 아주 일찍 죽기도 하잖아요. 저도 그렇게 될 거예요. 그때 가면 고모도 알게 되겠죠!"

헬렌은 숨을 몰아쉬며 문 쪽으로 걸음을 옮겼다. 그때 "엄마! 엄마!"라고 부르며 울부짖는 소리가 그녀의 등을 잡아끌었다. 두 사람의 울음소리가 방 안을 가득 메웠다.

열 살이 되던 해, 사립학교에서 두 학기를 마친 마이클은 자신의 시민권이 완전하지 않다는 사실을 알게 되었다.❖ 무얼 보고 알게 되었는지, 아니면 누가 그런 얘기를 해줘서 알게 된 건지는 분명치 않다. 그가 그 문제에 대해 따지자 헬렌은 가족을 이루는 어려움을 거론하면서 우물쭈물 변명했고, 그는 그런 그녀에게 감정을 주체하지 못하고 말했다.

"단 한마디도 믿지 못하겠어요. 누구와 결혼하느냐에 따라서 다르게 취급된다는 게 이해가 되질 않네요. 알겠어요. 이젠 훼방꾼 노릇 그만두겠어요, 고모. 여태껏 영국 역사와 셰익스피어의

....

❖ 마이클의 친모가 영국인이 아님을 암시.

작품에서 저를 찾았었어요. 정복자 윌리엄에서 시작했었죠. 그리고…… 오, 어디 그뿐이겠어요? 그들은 모두가 최고였어요. 고모는 그들과 다르지 않죠. 그럼 저란 존재는…… 뭐가 되는 거죠?'

"넌 무엇이든 될 수……." 그녀는 말을 맺지 못했다.

"좋아요. 고모가 계속 그렇게 울기만 한다면 더 이상 이 문제에 대해서는 얘기하지 않도록 하죠." 그 이후로 정말이지 그는 그 일에 대해서는 다시는 언급하지 않았다. 하지만 2년이 지난 뒤, 방학 중에 홍역에 걸렸다가 그럭저럭 나아가던 중에 다시 열이 40도까지 치솟아 신음도 제대로 못 내고 있을 때, 어느 순간 혼미한 정신을 뚫고서 그의 귀에 닿은 헬렌의 목소리는 그로 하여금 두 사람이 결코 다른 존재가 아니라는 사실을 확인시켜 주었다.

공립학교로 진학해서 보낸 멋진 크리스마스와 부활절, 그리고 여름방학은 두 사람에게 꿰어 놓은 보석들처럼 다채롭고 눈부셨다. 헬렌에게 그 추억들은 보석 이상으로 소중했다. 오래지 않아 마이클은 자신의 마음을 끌어당기는 것들에 매료되었고, 거기에 몰두했다. 그러다가 어느새 관심 분야가 바뀌기도 했지만, 헬렌이 보기에는 그가 흥미를 갖는 것에는 항상 일관성이 있었고 더 깊고 넓게 확산되고 있었다. 그의 흥미를 충족시켜 주기 위해 그녀는 자신이 가진 애정을 모두 쏟았고, 충고를 아끼지 않았으며, 경제력을 최대한 활용했다. 그러나 그 누구보다 출중했던 마이클은 결국 전도유망한 경력을 쌓는다는 것이 어떤 것인지를 알기도 전에 1차 세계대전에 휩쓸리고 말았다.

10월에 장학금을 받고 옥스퍼드 대학으로 진학하기로 되어 있었던 그는 8월이 끝나 갈 즈음, 전선으로 투입된 공립학교 학생들의 첫 '번제燔祭'에 막 참가하려던 참이었다. 그때 OTC(예비장교 훈련대)에서 1년 가까이 분대장으로 복무한 적이 있는 한 대위가, 그를 대대로 차출해 곧바로 장교 임무를 수행하도록 했다. 그 후 그의 눈앞에 펼쳐진 상황은 당연히 처음으로 목격하는 장면들이었다. 군인들의 반은 예전 군인들이 입었던 너절한 붉은 옷을 입고 있었고, 나머지 반은 뇌막염에 걸린 채 축축한 막사에 오글오글 모여 있었다. 헬렌은 그가 입대하게 된 사실에 충격을 받은 상태였다. "진작에 운명이란 걸 알았죠." 마이클이 웃으며 말했다.

"넌 옛날에 들은 운명이네 뭐네 하는 얘기를 지금도 믿는다고 할 작정이니?" 헬렌이 말했다. (마이클에게 그 얘기를 해주었던 헬렌의 유모 에마는 수년 전에 세상을 떠났다.) "내 명예를 걸고 다시 말하는데, 다 괜찮을 거야, 정말이야."

"제발 걱정하지 마세요. 제 말은 그런 뜻이 아니었어요." 그는 단호하게 말했다. "제가 운명이라고 말한 건, 제가 입대할 운명이었다면 더 빨리 알았어야 했다는 말이었어요. 할아버지가 그러셨던 것처럼."

"제발 그런 식으로 말하지 마라! 일찍 죽을지도 모른다는 게 두렵지도 않니?"

"제 운이 거기까지라면 할 수 없는 일이죠. 고모도 키치너 장관께서 하신 말씀을 알고 있잖아요."

"그래, 알고 있다. 하지만 내가 거래하는 은행 직원이 지난 월요일에 말해 주었는데, 전쟁이 크리스마스까지 계속될 가능성은 희박하다고 하더라……. 재정 때문일 테지."

"그 사람 말대로 됐으면 좋겠지만 우리 연대장은 장기전이 될 거라고 하더군요. 그분은 정규군이죠."

마이클이 속한 대대는 운 좋게도 여러 번의 '출전'이 무산되면서 노퍽 해안의 야트막한 참호들 속에서 연안 방어 작전에 주로 투입되었다. 그러다가 스코틀랜드 만의 입구를 지키기 위해 남쪽으로 이동했는데, 그 무렵 그의 대대가 멀리 동부 전선으로 투입될 거라는 풍문이 몇 주 동안 떠돌았다. 하지만 동부 전선으로 이동하기 전에 철도 교차 지점에서 네 시간 정도 헬렌과의 만남이 허락되어 있던 바로 그날, 갑자기 루 전투❖에서 손실된 병력 보충을 위해 서부 전선으로 가라는 명령이 떨어졌다. 그렇게 고모와의 만남이 무산되자 그는 그녀에게 전보로 작별 인사를

❖ 프랑스 루 지방에서 일어난 전투. 키플링의 아들도 이 전투에서 전사했다.

대신했다.

프랑스 전선으로 옮겨 온 뒤에도 그의 대대는 운이 따라 주었다. 살리앵 인근에 주둔해 있을 때는 여러 가지 점에서 나쁘지 않게 생활할 수 있었고, 솜 강 유역에서는 거의 자급자족을 해야 했지만, 전투가 시작된 아르망테르와 라뱅티에서는 오히려 평온하게 지낼 수 있었다. 그의 부대의 유능한 지휘관 하나가 측면 방어에 유리한 지점을 발견하고 거기 참호를 구축하고는, 주로 이프르❖ 주변 지역에서 사용되던 유선을 설치하는 것을 도우는 척하면서, 사단으로부터 은근슬쩍 그곳을 차지했기 때문이었다.

그로부터 한 달이 지난 어느 날, 마이클은 헬렌에게 별다른 일이 없으니 걱정하지 말라고 편지를 썼다. 그 직후 그는 축축하게 젖은 새벽 어스름을 뚫고 날아든 포탄의 파편에 맞아 즉사했다. 날아든 포탄에 장벽이 뿌리째 뽑히면서 묻혀 버렸는데, 얼마나 감쪽같이 파묻혔던지 노련한 병사가 아니고서는 무너진 벽 밑에 그의 시신이 있으리라곤 짐작조차 할 수 없었다.

오래도록 전쟁의 포화에 시달려 온 헬렌의 마을에서 영국식 복장을 한 사람과 마주치는 일은 드문 일이 아니었다. 마을의 여성 우체국장이 자신의 일곱 살짜리 딸에게 터렐 양에게 전해 주라며 공문 전보를 건네는 모습을 성공회 사제의 정원사가 유심

❖ 벨기에 서부의 소도시로 1차 세계대전 때의 격전지.

✝ 정인사 ✝

히 살펴보고 있었다. "이번엔 헬렌 양 차례로군." 그는 자신의 아들을 생각하며 중얼거렸다. 여자아이는 현관문 앞에서 크게 울었다. 마이클이 자주 사탕을 주던 게 생각났기 때문이었다. 헬렌은 아주 조심스럽게 집 안의 블라인드들을 하나씩 끌어 내리면서 가슴속에 깃들어 있던 말을 뱉었다. "실종은 언제나 죽음을 뜻하지." 그런 다음, 그녀는 쓸모없는 감정들을 줄줄이 쏟아 내도록 부추기는 음울한 무리들 속으로 섞여 들었다. 당연한 일이었겠지만, 사제는 포로수용소에서 곧 희망적인 소식이 들릴 거라고 말했다. 친구들 역시 다른 여자들에게서 들었다며, 실종되어 여러 달 동안 아무 소식이 없다가 기적적으로 생환해 돌아온 사례를, 틀림없는 실화라는 토를 달며 해주었다. 어떤 사람들은 조카가 독일군 포로수용소에 있을지 모르니, 중립국 사람들과 호의적으로 소통하는 조직의 비서관들을 만나 허심탄회하게 상의해 보라고 끈질기게 권유하기도 했다. 중립국 사람들이야말로 독일군 포로수용소의 지휘관으로부터 정확한 정보를 가장 은밀하게 빼낼 수 있는 사람들이라면서. 헬렌은 자신이 들은 정보들을 일일이 빠짐없이 기억했다가 관계 조직들에 서명을 한 서신을 써서 보냈다.

한번은 마이클이 근무했던 부대의 상관 하나가 그녀에게 어느 군수공장을 인수하라고 해서, 그 공장에서 순수한 철이 포탄으로 만들어지는 과정을 지켜볼 수 있었다. 그녀는 그 끔찍한 물건이 한순간도 멈추지 않고 생산된다는 사실에 충격을 받았다. 인수 관련 서류를 마련하면서 그녀는 이렇게 혼잣말을 했다. "포탄을 가장 가까운 친족으로 만들고 있군."

아무런 소득 없이 시간만 흘러갔고, 그녀가 의뢰했던 모든 조직들이 조카를 추적할 수 없어 유감이라는 뜻을 진지하게 전해왔다. 그러면서 그녀에게 이만 포기하라는 말도 했고 — 그렇지만 석방의 희망은 버리지 말라 했다 — 죽음을 기꺼이 받아들일 필요가 있다는 끔찍한 말도 했다. 마이클은 죽었지만, 그녀의 세계는 여전히 건재했다. 하지만 그녀는 자신을 휩싸고 있는 충격으로부터 쉽게 벗어날 수 없었다. 여전히 꼿꼿이 서 있는 그녀도, 앞으로 전진해 나갈 뿐인 세계도, 정작 그녀와는 아무런 상관이 없었다. 어떤 길도, 어떤 관계도, 그녀에겐 존재하지 않는 것이나 마찬가지였다. 사람들은 너무도 쉽게 마이클의 이름을 슬쩍 꺼내며 적당하게 고개를 기울여 동정 어린 말을 중얼거렸다.

한 줄기 구원의 빛이 될 거라 여겼던 휴전이 드디어 성사되었지만, 쉴 틈 없이 울리는 벨 소리 중 그녀를 구원해 줄 소식은 없었다. 목숨을 부지하고 있다는 자체가 혐오스러웠다. 하지만 또다시 찾아온 한 해의 끝자락에 이르렀을 때, 그녀는 비로소 자신을 되찾을 수 있었다. 원기를 회복한 그녀는 찾아오는 사람들과 기꺼이 손을 잡으며 그들에게 좋은 일이 있기를 진심으로 기원했다. 그러나 국가적인 것이건 개인적인 것이건 전쟁의 여파에 대해서만큼은 철저히 무관심했다. 다만 아주 멀리서 구조 활동을 벌이는 다양한 구조 위원회에 가입했고, 전몰자 기념비 건립이 추진되고 있는 마을 소식에 큰 관심을 보였다.

그러던 어느 날, 공식적으로는 마이클의 가장 가까운 친척인 그녀에게, 연필로 또박또박 쓴 한 쪽짜리 편지와 은색 인식표, 그리고 시계 하나가 전달되었다. 동봉된 서신에는 마이클 터렐로 확인된 시신이 하겐젤러 제3군인묘지에 안장되었다는 내용이 적혀 있었다. 묘지의 열列 표지와 그 열의 몇 번째 무덤인지를 알려 주는 번호도 씌어 있었다.

그녀는 전혀 새로운 세계로 움직여 가고 있는 자신을 발견했다. 그 세계는 세상에서 가장 가까웠던 관계가 여전히 충만하나 완전히 부서져 버린 채로 놓여 있는 지상의 제단祭壇이었다. 거기에는 또한 그들의 사랑이 잠들어 있었다. 그의 소식이 전해졌을 때 그녀는 조금도 망설이지 않았다. 그 오랜 탐색과 기다림에 비한다면 무덤을 찾아가는 것은 너무도 쉬운 일이었으며, 그 발길을 가로막는 것은 아무것도 없었다.

그녀는 마치 사제의 아내처럼 중얼거렸다. "그 애가 메소포타미아나 갈리폴리에서 죽었더라면, 많이 달랐을 거야."

제2의 인생이라고 할 만한 무언가가 일깨워지는 아픔이 헬렌으로 하여금 해협을 건너도록 만들었다. 거기에는 이름을 알 수 없는 새로운 세계가 놓여 있을 것이었다. 마침내 도착한 그녀는,

아침 배편과 연계되어 있는 오후 기차로 어렵지 않게 하겐젤러 제3구역에 닿을 수 있으며, 묘지를 참배하는 대부분의 사람들이 그곳에서 3킬로미터 안쪽에 있는 안락한 작은 호텔에서 편안히 밤을 보내고 다음 날 아침 묘지를 찾아간다는 사실을 알 수 있었다. 폐허가 된 도시 외곽의 루핑을 얹은 오두막에서, 휘날리는 석회 가루와 서류 더미 속에 생활하고 있는 중앙정부의 인사로부터 들은 정보였다.

"어쨌든, 무덤을 찾는 덴 문제가 없을 겁니다." 그가 말했다.

"그럴 테죠. 감사합니다." 헬렌은 그렇게 말하고는 마이클의 무덤 열과 번호를 타자로 찍은 서류를 보여 주었다. 그것은 마이클이 갖고 있던 소형 타자기로 친 것이었다. 장교는 여러 권의 책들 중 하나를 펼쳐 서류와 대조해 보았다. 그때 몸집이 큰 랭커셔에서 온 한 여인이 책들 사이로 몸을 밀어 넣으며 자기 아들의 무덤을 가르쳐 달라고 요구했다. 아들은 육군 병참단 하사였다고 했다. 그녀는 훌쩍이며 아들의 실제 이름은 앤더슨이지만 덕망 있는 사람들의 전통에 따라 입대할 때는 스미스라는 이름을 썼을 것이고, 1915년 초에 디키부시❖에서 전사했다고 말했다. 그녀는 아들이 묻힌 무덤의 번호도 갖고 있지 않았으며, 아들이 두 개의 이름 중에 어떤 이름을 사용했는지도 정확히 모르

❖ 영국 군인들이 이프르 지역을 부르던 별칭.

✝ 정원사 ✝

고 있었다. 자신이 소지한 쿡 여행사에서 발행한 여행 티켓은 부활절 주간과 함께 만료되는데, 만약 그때까지 아들의 무덤을 찾지 못하면 미쳐 버릴지도 모른다고 울부짖었다. 그러다가 헬렌의 가슴 위로 쓰러지고 말았다. 그걸 보고 있던 장교의 아내가 재빨리 사무실 뒤편의 조그마한 침실로 들어가더니 사람들을 불러왔다. 그중 세 사람이 여자를 들어 간이침대에 누였다.

"저 사람들에겐 익숙한 일이죠." 모자 끈을 바짝 조이며 장교 부인이 말했다. "어제는 저 여자가 뭐라고 했는지 아세요? 아들이 호허에서 전사했다고 하더군요. 당신은 묘지를 확실히 아시나요? 알고 모르고는 차이가 많거든요."

"예, 알고 있습니다. 고마워요." 헬렌이 말했다. 그러고는 침대에 누워 있는 여자가 다시 비통에 휩싸이기 전에 서둘러 자리를 떴다.

엷은 자주색과 푸른색 줄무늬가 빽빽하게 그려진 나무 잔에 담긴 차는, 허름한 건물의 임시 출입구만큼이나 끔찍했다. 찻값을 치르고 있던 그녀 곁에 무뚝뚝해 보이는 평범한 인상의 영국 여자가 서 있었는데, 하겐젤러 행 기차에 관해 묻는 헬렌의 말을 엿듣고는 기꺼이 동행하겠다고 나섰다.

"저도 하겐젤러로 가요." 그녀가 말했다. "하겐젤러 제3구역은 아니고요, 슈거 팩토리라고, 지금은 다들 라 로지라고 부르죠. 거긴 하겐젤러 제3구역 바로 남쪽에 있어요. 호텔을 미리 예약하셨으면 좋았을 텐데.”

“아, 그래요. 고마워요. 실은 예약을 해놨어요.”

“잘됐군요. 가끔 호텔이 만석이 되거든요. 슈거 팩토리 서쪽에도 호텔이 있는데, 예전에는 사람들이 잘 찾지 않았어요. 그러다가 그 호텔이 욕조를 새로 들여놓자 사람들이 그곳으로도 많이 가요. 다행이죠.”

“제겐 완전히 새로운 경험입니다. 처음 가보는 거거든요.”

“정말이에요? 전 휴전이 되고 이번이 아홉 번째예요. 혼자서만 온 건 아니었지만. 전 신께서 보살펴 주신 덕분인지 가까운 지인이 고인이 되진 않았어요. 하지만 제가 여길 자주 들르니까, 제 고향 사람들이 지인의 무덤을 보살펴 달라는 부탁을 해요. 그 사람들에게 여기 사진을 찍어서 주기도 하죠.” 그녀는 환하게 웃으며 어깨에 메고 있는 코닥 카메라를 톡톡 두드렸다. “이번엔 슈거 팩토리에서 들러야 할 무덤이 두세 군데 정도 돼요. 짐작하실지 모르겠지만, 제가 하는 방식이 돈도 덜 들고 간편해요. 제가 둘러본 것을 말해 주면, 사람들은 그것만으로도 안심을 하죠.”

“그럴 거 같군요.” 조그만 기차 안으로 사람들이 밀려드는 걸 불안한 눈길로 바라보며 헬렌이 대답했다.

“그렇고말고요. (그들은 운 좋게도 창가 자리에 앉았다!) 그래선 안 되는데, 무덤을 찾기가 만만치 않아요. 어디 가서 물어볼 데도 마땅치 않고. 그래서 사람들이 절 찾는 거예요. 이게 저한테 부탁한 열둘에서 열다섯 정도 되는 명단이랍니다." 그러면서 그녀는 다시 코닥 카메라를 톡톡 두들겼다. "오늘 밤에 이 명단을 정리해야 하죠. 오, 당신에게 물어볼 게 있었는데 깜빡했군요. 누굴 찾아가시는지……?"

"조카예요." 헬렌이 말했다. "그 아이를 무척이나 좋아했었죠."

"그랬겠죠! 전 가끔 사람들이 죽음 이후를 알려는지 궁금하답니다! 어떻게 생각하세요?"

"모르겠어요……. 그런 생각은 해본 적이 없어요." 헬렌은 그녀를 제지하듯 두 손을 거의 번쩍 들어 올려 말했다.

"그게 나을지도 모르죠." 여자가 대답했다. "사랑하는 사람을 잃은 것만으로 충분하니까요. 당신에 대해선 더 이상 걱정할 필요가 없겠네요."

헬렌은 스카즈워스 부인이 고마웠다(두 사람은 통성명을 한 상태였다). 하지만 부인이 저녁 식사를 함께하자고 간곡하게 청하는 바람에 호텔에 도착해서 식사를 한 뒤, 영국인들이 낮게 주고받는 소리로 가득한 조그맣고 어딘지 께름칙한 살롱으로 들어섰을 때, 기분이 묘해졌다. 스카즈워스 부인은 그곳을 드나들며 알게 된 그녀의 '청원자들'에게 일일이 헬렌을 소개해 주었다. 그들은 저마다 죽은 사람들에 대한 사연을 갖고 있었다. 죽은 자의 가까운 친족임에 틀림없었다. 헬렌은 9시 30분까지 간신히 버티고는 자신의 방으로 돌아갔다.

그런데 돌아와서 얼마 지나지 않아 방문을 두드리는 소리가 나더니 스카즈워스 부인이 안으로 쑥 들어왔다. 그녀의 손에는 그 끔찍한 명단이 꼭 쥐어져 있었다.

"예…… 그래요…… 알아요." 그녀가 말을 시작했다. "저한테 질리셨겠죠. 하지만 꼭 하고 싶은 얘기가 있어요. 당신은…… 당신은 결혼하지 않았죠, 그렇죠? 아마 앞으로도 하지 않을 거 같은데……. 그거야 무슨 문제겠어요. 전 어떤 사람에 대한 얘기를 하고 싶어요. 더 이상은 버틸 수가 없네요."

"하지만 제발……."

그러나 스카즈워스 부인은 닫혀 있는 문에 등을 기대고 바짝 마른 입술로 내처 말했다.

"1분만 시간을 주세요. 아래층에서 당신에게 말해 준 무덤들은, 물론 대부분 부탁받은 것들이에요." 그녀의 눈이 불안하게 방 안을 헤맸다. "여기 이 특이한 벽지들이 벨기에 거라는 거, 아세요? ……그래요. 맹세코 그 무덤들은 다른 사람이 돌봐 달라고 부탁한 것들이에요. 하지만 그중의 하나는…… 하나만은…… 아니에요. 그 사람은 제게, 세상 누구보다 소중한 존재였어요. 이해하시겠어요?"

헬렌이 고개를 끄덕였다.

"다른 누구보다도 내게 소중한 존재였어요. 하지만 예전엔 그걸 깨닫지 못했죠. 예전엔 그는 제게 아무것도 아니었어요. 소중하게 여겼어야 했는데……. 이제는 제게 그런 사람이죠. 이게 바로 제가 부탁을 핑계 삼아 이곳을 찾는 이유예요. 아시겠어요? 이게 전부예요."

"왜 그 사실을 제게 털어놓으시는 거죠?" 헬렌이 절박한 심정으로 물었다.

"거짓말에 지쳤기 때문이에요. 거짓말, 언제나 제 입에서 흘러나오는 거짓말에 지쳐 버렸어요. 한 해가 시작되고 또 끝날 때까지 저는 내내 거짓말을 해요. 그게 무엇을 의미하는지 당신은 모를 거예요. 그 사람은 제 전부였어요. 진작 그걸 알았어야 했는데, 그의 생전에는 알지 못했죠. 그를 만난 것은 제 삶에서 일어난 단 하나의 진정한 사건이었는데, 전 그걸 몰랐어요. 전 그 사람이 그렇게 중요한 사람이 아닌 것처럼 행동했었죠. 이제껏 거짓말만 늘어놓았고 내년에도, 또 그다음 해에도 거짓말만 늘어놓겠죠!"

"돌아가신 지 얼마나 되셨나요?" 헬렌이 물었다.

"6년하고도 4개월, 그리고 28일이 지났어요. 이제껏 여덟 번을 그 사람을 찾아갔죠. 내일이면 아홉 번째고요. 그런데…… 그런데 이젠 못하겠어요. 날 알지도 못하는 사람과는 다시는 그의 무덤에 갈 수 없을 것 같아요. 그래서 내일 그 사람에게 가기 전에, 누군가에게만은 솔직하게 털어놓고 싶었어요. 이해하시겠어요? 전 어떻게 되든 상관없어요. 전 진실한 사람이 아니었어요. 어렸을 때부터 그랬죠. 하지만 거짓말은 그 사람과 어울리지 않아요. 그러니 이젠 진실해지고 싶어요. 그게 그 사람과 어울리니까요. 그래서 전…… 당신에게 말해야만 했어요. 더 이상 숨길 수가 없었어요. 오, 더 이상."

그녀는 깍지 낀 두 손을 거의 입까지 끌어 올렸다가 갑자기 팔을 허리 아래쪽으로 길게 늘어뜨렸다. 여전히 두 손은 깍지 낀 채로. 헬렌이 앞으로 다가가 그녀의 팔을 잡고는 머리를 그녀에게로 기울이며 혼잣말처럼 웅얼거렸다. "오, 내 사랑! 내……." 그 순간 스카즈워스 부인이 주춤거리며 뒤로 물러났다. 그녀의 얼굴에 얼룩덜룩한 반점들이 돋아 오르고 있었다.

"세상에!" 그녀가 말했다. "무슨 생각을 하는 거예요?"

헬렌은 아무 말도 할 수가 없었다. 여자가 떠났다. 잠이 들기까지 헬렌은 오랜 시간을 깨어 있었다.

다음 날 아침 일찍, 스카즈워스 부인은 자신이 돌봐야 할 무덤으로 떠났다. 헬렌은 혼자 걸어서 하겐젤러 제3구역으로 갔다. 여전히 새 묘지가 들어서고 있는 중이었는데, 자갈 포장길 150~180센티미터 정도 위쪽에 무덤들이 수백 미터나 늘어서 있었다. 깊은 도랑 건너편에 있는 수로가 채 마무리되지 않은 장벽을 통과하는 입구로 사용되고 있었다. 앞면을 나무로 막은 흙 계단을 걸어 올라갔을 때, 눈앞에 펼쳐진 엄청난 광경 앞에 그녀는 숨이 멎는 것 같았다. 그녀는 하겐젤러 제3구역에 묻힌 사람의 수가 이미 2만 1천 명에 이른다는 사실은 알지 못했었다. 그것은 무정한 검은 십자가의 바다였다. 그 십자가 정면에는 문양이 찍힌 조그만 양철 조각이 붙어 있었다. 그 혼란의 바다에는 질서정연한 모습이라곤 없었다. 허리까지 오는 뻣뻣하게 죽은 풀들이 달려들었다. 그녀는 아무런 희망도 없이 왼쪽으로, 오른쪽으로, 그저 걸음을 옮길 뿐이었다. 이상하게도 자신이 가야 할 곳으로 누군가가 이끌어 주는 기분이었다. 저 멀리로 새하얀 선이 보였다. 묘석이 세워진 2, 3백 개의 무덤이 있는 구역이었다. 무덤마다 꽃들이 심어져 있었고, 새로 심은 잔디가 파랗게 돋아나고 있었다. 비로소 그녀는 가로줄의 끝에 또렷하게 새겨진 표지를 볼 수 있었다. 그러나 그녀에게 왔던 서신을 들여다보고는 자신이 찾는 곳이 거기가 아니라는 것을 깨달았다.

한 남자가 묘석들이 길게 늘어선 줄 뒤편에 무릎을 꿇고 있었다. 부드러운 흙에다 어린 나무를 심고 있는 것으로 보아 정원사임에 분명했다. 그녀는 서신을 손에 들고서 그에게로 다가갔다. 다가오는 그녀를 보고 남자가 몸을 일으키고는 인사말도 건네지 않고 불쑥 물었다. "누구의 묘지를 찾으십니까?"

"마이클 터렐 중위입니다……. 제 조카이지요." 헬렌은 마치

생에 수천 번이나 거듭했던 말처럼, 천천히, 한 음절 한 음절 또박또박 말했다. 남자는 눈을 들어 무한한 동정을 담은 눈길로 그녀를 보았다. 그러고는 새로 심은 풀들이 파랗게 자라고 있는 쪽으로 고개를 돌렸다. 거기에 꽂힌 검은 십자가에는 아무것도 붙어 있지 않았다.

"절 따라오시면, 당신의 아들이 누워 있는 곳을 보여 드리도록 하지요."

묘지를 떠날 때, 헬렌은 고개를 돌려 마지막 눈길을 던졌다. 멀리 남자가 허리를 굽혀 어린 나무를 심고 있는 모습이 보였다. 그리고 그녀는 그곳을 떠났다. 그를 정원사라 생각하면서.❖

....

❖ 신약성서 요한복음 20:15는 막달라 마리아가 예수의 무덤을 찾았다가 부활한 예수와 마주치는 장면을 이렇게 이른다. '예수께서 가라사대 여자여, 어찌하여 울며 누구를 찾느냐 하시니 마리아는 그가 동산지기(정원사)인 줄로 알고 가로되 주여, 당신이 옮겨 갔거든 어디 두었는지 내게 이르소서. 그리하면 내가 가져가리이다.'

✝ 정원사 ✝

러디어드 키플링

Joseph Rudyard Kipling

러디어드 키플링은 1865년 12월 30일 인도 뭄바이에서 태어났다. 그의 아버지 존 록우드 키플링은 지방 예술학교에서 조각을 가르쳤고 나중에는 라호르 박물관 큐레이터를 지냈다. 그의 어머니는 번존스 부인의 자매였다. 어린 러디어드는 1871년 여섯 살 때 영국으로 유학 가서 친척 집에 머물렀다. 나중에 그는 당시의 불행과 고독을 여러 편의 소설에 담았다. 1878년부터 그는 식민지 공무원 육성을 목표로 하는 유나이티드 서비시스 칼리지United Services College에 다녔다. 그러나 시력이 약해 그 직업을 택할 수 없었다. 그래서 시를 쓰기 시작했는데, 개인적으로 발표한 그의 첫 작품은 시집 《남학생 서정시》(1881)였다. 러디어드는 1882년 인도로 돌아와 라호르의《시민과 군인의 신문*Civil and Military Gazette*》편집부에 들어가 저널리즘 활동에 전념했다. 그곳에서 1887년까지 있다가 알라하바드의《개척자*Pioneer*》부 편집장으로 자리를 옮겼다. 저널리즘 활동이 작가 키플링을 키웠고 인도 현실을 깊고 친밀하게 인식하게 해주었다. 그의 소설들의 매력은 대부분 이러한 현실 인식에서 나온다.

키플링은 그 시기에 많은 양의 기사와 소설, 시들을 썼다. 1889년 특별 초청을 받아 일본과 미국을 여행하고 런던에 왔을 때, 그는 이미 영국에서 유명해져 있었다. 1886년에 발표한 시집《부문별 노래》와 1888년에 발표한 소설집《고원 민담》,《세 명의 병사》,《위 월리 윙키》가 나오기 시작했기 때문이다. 이 소설집들은 나중에 그의 걸작으로 평가받는다.

소설《꺼져 버린 불빛》이 나온 1890년에 키플링은 남아프리카, 오스트레일리아, 뉴질랜드를 거쳐 인도로 돌아왔다. 1892년 그의 두 번째 시집《병영의 노래》가 나왔다. 그 가운데 〈만달레이로 가는 길〉, 〈강가 딘〉, 〈만일〉 같은 시들은 큰 인기를 얻어 그를 대영제국의 시인으로 추앙받게 되었다. 같은 해 미국 여성과 결혼해 1896년까지 미국 버몬트 주에 있는 아내의 소유지에서 살았다. 그때부터 반미 정서를 가지기 시작한 것 같다. 1893년 발표된 소설집《많은 발명들》에 '야생 소년' 모글리가 처음으로 등장했다. 모글리는 1894, 1895년에 연이어 발간된《정글북》1,

2권에 주인공으로 등장함은 물론 또 다른 걸작 두 편인《용감한 선장들》과《킴》에도 나왔다.

1900년에 그는 남아프리카로 가서 보어 전쟁에 대한 빛나는 기사들을 썼다. 그의 제국주의에 대한 이상은 점점 더 신랄해져 자신처럼 대영제국을 지지하는 사람들 중 대영제국의 확장을 주장하는 사람들까지 무능하다고 비난했고, 독일과 러시아에 대항한 거친 기사들을 썼다. 1902년 영국 버워시로 가서 생애 마지막 시기를 보냈다. 그가 살던 저택 베이트먼스는 지금 국립 기념관이 되었다. 1902년 동물들을 주인공으로 한 소설《그냥 그런 이야기들》을 발표했다. 이후《운항과 발견》,《푸크 언덕의 요정》,《작용과 반작용》,《보상과 요정》이 나왔다. 1907년에 그는 노벨 문학상을 받았다.

제1차 세계대전이 발발하자 키플링은 전쟁을 옹호하는 기사들을 썼다. 1915년 그의 아들이 프랑스 전투에서 사망했다. 늙은 작가는 아들의 죽음에 깊은 상처를 입었고 그의 소설도 변했다. 테마는 어두워졌고 문체는 때때로 이해하기 어려울 정도로 암시적이고 상징적이 되었다. 마지막 단편집들인《차변과 대변》,《그대의 종, 개》,《한계와 부활》이 나왔다. 어떤 비평가들은 이 마지막 작품들이 문체 면에서 그의 최고 걸작이라고 보았다. 키플링은 1936년 1월 18일 사망했고 웨스트민스터 대성당에 묻혔다.

• **주요작**

소설

1883년	《개스비 이야기*The Story of Gadsbys*》
1888년	《개잎갈나무 아래서*Under the Deodars*》
	《흑과 백 안에서*In Black and White*》
	《위 윌리 윙키*Wee Willie Winkie*》
	《인력거 유령*The Phantom Rickshaw*》
	《고원 민담*Plain Tales from the Hills*》
	《세 명의 병사*Soldiers Three*》
1890년	《꺼져 버린 불빛*The Light that Failed*》
	《무서운 밤의 도시*The City of Dreadful Night*》
1891년	《삶의 장애*Life's Handicap*》
1893년	《많은 발명들*Many Inventions*》
	《용감한 선장들*Captains Courageous*》
1894년	《정글북*Jungle Book*》
1895년	《정글북 2권*Second Jungle Book*》
1899년	《스탤키 사*Stalky & Co.*》
1901년	《킴*Kim*》
1902년	《그냥 그런 이야기들*Just so Stories*》
1906년	《푸크 언덕의 요정*Puck of Pook's Hill*》
1909년	《작용과 반작용*Actions and Reactions*》
1910년	《보상과 요정*Reward and Fairies*》
1923년	《땅과 바다 이야기*Land and Sea Tales*》
1926년	《차변과 대변*Debits and Credits*》
1932년	《한계와 부활*Limits and Renewals*》

시

1886년	《부문별 노래*Departmental Ditties*》

1892년 《병영의 노래*Barrack Room Ballads*》

여행기

1896년 《7대양*Seven Seas*》
1899년 《바다에서 바다로*From Sea to Sea*》
1937년 《나 자신의 어떤 것*Something of Myself*》

옮긴이 하창수

영남대학교 경영학과를 졸업하고, 1987년 《문예중앙》 신인문학상에 중편 〈청산유감〉이 당선되어 문단에 나왔다. 1991년 장편 《돌아서지 않는 사람들》로 한국일보 문학상을 수상했다. 옮긴 책으로는 《동양점성학》, 《킴》, 《열두 살, 192센티》, 《원더》 등이 있다. 영어학습서 《워드 테크》와 《해석과 번역》을 펴냈으며, 선화집 《낮잠 Napping》을 영역했다.

옮긴이 이승수(해제, 작가 소개)

한국외국어대학교 이탈리아어학과를 졸업하고 동 대학원에서 비교문학 박사 학위를 받았다. 옮긴 책으로 《순수한 삶》, 《신부님 우리들의 신부님》, 《그날 밤의 거짓말》, 《그림자 박물관》, 《달나라에 사는 여인》, 《넌 동물이야, 비스코비츠!》 등이 있다.

소원의 집

초판 1쇄 발행 | 2011년 5월 31일

지 은 이　　러디어드 키플링
옮 긴 이　　하창수
디 자 인　　최선영 · 장혜림

펴 낸 곳　　바다출판사
발 행 인　　김인호
주　　소　　서울시 마포구 서교동 398-1 창평빌딩 3층
전　　화　　322-3885(편집), 322-3575(마케팅부)
팩　　스　　322-3858
E-mail　　badabooks@gmail.com
홈페이지　　www.badabooks.co.kr
출판등록일　　1996년 5월 8일
등록번호　　제 10-1288호

ISBN 978-89-5561-585-2 04840
　　　　978-89-5561-565-4 04800(세트)